不換

蔡智恆

目錄 · Contents

1.

時間之於我，只有昨天、現在，以及一個月內的未來的差別。
至於前天、上週、上個月、去年……
無差別地放進誰也觸不著開不了的記憶倉庫，任它塵封。

但有些人、某些事，總能像憑空出現的鑰匙，緩緩轉動深鎖之門。
讓我輕而易舉想起，幾年又幾個月前，發生了什麼事。
如果拿出我的智慧型手機，用裡面的計算機 App，
我還能說出那是幾千天前，或幾十萬小時前，
或幾百萬分鐘前，或幾億秒前發生的事。

正如現在接到的電話，就像那憑空出現的鑰匙，直接打開記憶倉庫。
於是我馬上就能知道，已經有多久沒聽到這個聲音。
十四年又五個月，五千多天，十二萬多個小時，七百五十幾萬分鐘。
四億五千多萬秒。

「你現在可以看到彩虹嗎？」
轉頭看向窗外，剛下過一陣雨，遠處天空掛著一道朦朧的彩虹。
『看到了。』我說。
「嗯。那能不能請你幫個忙？」
『可以。什麼忙？』
「我 E-mail 告訴你。」
『好。』

然後我們同時沉默，時間很短，但已經足以讓我驚訝剛剛的不驚訝。
突然接到她的電話，我竟然可以流暢而自然地應對，
完全沒有慌張、興奮、疑惑、恍惚、不真實、違和感。

好像時間從沒流逝，好像日子從沒改變，
好像逝去的十四年五個月只是十四分鐘五秒，
好像我們只是睡了一個很長很長的覺然後醒來，
好像只是電影剪接般剪掉一大段空白後重新接上，
好像關於我們之間只是曾按了 Pause 而現在按下 Play，
好像我們只是從十四年五個月前一起坐時光機器來到現在，
好像……

好像我們從沒分離過。

「你在幹嘛？」她終於打破沉默。
『跟妳講電話。』
「可以說點有意義的話嗎？」
『什麼有意義的話？』
「就是不要廢話。」

我突然詞窮，不知道該說什麼？
原來逝去的十四年五個月還是有意義的。
但如果我說我們已經五千多天沒見面了，可能也是沒意義的話。
「快。我在等你說。」

等我說？

等我說為什麼這十二萬多個小時都沒音訊？
可是突然音訊全無的人是她啊。
難道是在等我問她為什麼？或是等我罵她？

『妳怎麼知道我的手機號碼？』
「我猜你沒換號碼。」
『嗯，沒換。但我的 E-mail 早換了，妳知道我現在的 E-mail ？』
「我當然不知道。」
『咦？那妳怎麼 E-mail 給我？』
「所以我在等你說你的 E-mail 呀。」

喔，原來是指這種等。
我念了我的 E-mail 給她，她要我看完信再說後，就掛了電話。
然後我想起她，還有我們之間，回憶的浪潮瞬間將我吞沒。
我突然忘了時空，忘了現在是何時？忘了我人在哪裡？
如果我是一隻鳥，此刻一定忘了擺動翅膀，於是失速墜落。
整個失速墜落的過程，跟遇見她的過程一樣。

收到她寄的信，口吻像個老練的專案人員，很客氣清楚地說明公事。
她承接一個計畫，計畫領域跟我的背景相關，想找我幫忙。
以前我們之間完全沒有「公事」可言，對於這樣的她實在很陌生。
反而剛剛那段莫名其妙的對話，不僅不陌生，還覺得很熟悉。

信尾她留了手機號碼，還加上幾句話：
「這計畫不好做，但是找到你，我心安了許多。看完後跟我說，
　我打給你，感激不盡。」

這幾句話才是我所熟悉的她，但「感激不盡」還是讓我覺得生疏。

我很難靜下心來釐清自己的思緒。
因為只要想到她，她的聲音總會在腦子裡亂竄。
有些東西是假的，比方吳宗憲說林志玲喜歡他。
有些東西可能是真的，比方林志玲說她從沒整過型。
有些東西應該是真的，比方林志玲說她很想趕快結婚。

但總有些東西是真的，而且是如同太陽般閃閃發亮的真。
比方現在坐在電腦前看信的我，正毫無保留地想著她。

終於看完簡短的信，也讀完信裡夾帶的附件。
我打她手機，結果如我預期，她沒有接聽。
她以前沒手機，曾給我三組號碼，家裡的、住宿地方的、親戚家。
我常循環撥打這三組數字，但通常找不到她。
沒想到她有手機了，我仍然找不到她。

想用 E-mail 回她時，手機響了。
「信看完了？」她說，「沒問題吧？」
『嗯。沒問題。』
「沒問題怎麼不回信給我？」
『我剛剛就打妳手機啊。』
「我信裡說：我打給你。是我要打你。」

『有差嗎？』我說。
「有。是我麻煩你，所以當然是我打給你。」

『有差嗎？』

「有。電話費要算我的。」

『有差嗎？』

「你再說這句我就掛電話。」

『這是麻煩人幫忙的態度嗎？』

「如果你不喜歡我的態度，你可以不幫。」

『喔，我好喜歡妳的態度。』

她沒接話，停頓了一下。

『妳不要再突然掛電話了。』我說。

「你記錯人了。」

『我沒記錯。』

「少來。這麼多年來你一定認識很多女生，記錯很正常。」

『妳少無聊。』

「如果你覺得無聊，我可以掛電話。」

『我覺得好有趣喔。』

她又停頓了一下。

『不要再突然掛電話了。』我說。

「又記錯人。」

『可不可以不要老是說我記錯人？』

「可以。只要你不記錯人的話。」

我嘆了一口氣，沒有接話。

「為什麼嘆氣？如果不想再說，我可以掛電話。」

『妳掛吧。』

「嗯。」

電話斷了，很乾脆的響聲。

一如七百五十幾萬分鐘前那樣乾脆。

本來有種大概就這樣又結束了的感覺，但想起這次是「公事」，

可能會不一樣吧？

把她的手機號碼加入通訊錄後，Line 裡面出現一個新好友，是她。

她的頭像是一張彩虹照片，很像我今天下午看見的那道彩虹。

想起她今天下午的開場白，雖然覺得莫名其妙，但那就是她的樣子。

下班開車、回家吃飯洗澡，不管做什麼，腦子裡總是盪漾她的聲音。

幾經掙扎，在睡覺前終於 Line 她。

告訴她關於那個計畫的一些想法，而這本來是那通電話該說的。

沒多久她就回 Line，我原以為早已是上班族的她這時間應該睡了。

雖然四億五千多萬秒前我們都是夜貓子。

她在 Line 裡的文字，婉轉多了，也「健談」多了。

甚至還用「謝謝你」的貼圖。

Line 是我們以前從沒用過的聯絡方式，這讓我有種重新開始的感覺。

時代變了。

如果時代沒變，那就是我變了。

『最近好嗎？』我回。

「最近是指多近？」

『一年內吧。』

「工作很忙，其他還好。」

『那妳現在住哪？』

「我搬回來跟我媽住了。」

『妳媽？』

「對。親生的媽。」

啊？那我們又在同一座城市，仰望相同的天空了。

『妳搬回來多久了？』

「忘了。好幾年了。」

『那妳為什麼沒跟我說？』

「有必要嗎？我們又不用見面。」

『見個面有那麼罪大惡極嗎？』

「你眼睛有問題嗎？我只說沒必要，沒說罪大惡極。」

『那現在因為要做計畫，總可以見面吧？』

「還是沒必要。有手機和 Line 就很夠了，不用見面。」

『可是我想見妳。』

「你記錯人了。你想見的人不是我。」

『我現在去找妳。15 分鐘後，妳家樓下碰面。』

「你瘋了嗎？現在是半夜兩點！」

『看過日劇《現在，很想見你》嗎？』

「沒看過。」

『裡面有句對白：既然遇見了妳，我就無法帶著這份回憶去過另一種
　人生。所以現在，我下定了決心，去見妳。』

「這對白很無聊。」她回。

『反正我現在去找妳。』
「請不要在半夜兩點發神經。」
『總之,我 15 分鐘後到。』

「你來了,我也不會下去。」
『妳可以不下來,但我會一直待在樓下。』
「我不接受威脅。」
『這不是威脅。我是在妳家樓下把風,最近小偷多。』
「那不叫把風。把風是小偷同夥。」
『妳說得對。這麼晚了妳腦筋還很清楚。』

「很晚了。有事明天說。晚安。」
『我要出門了,妳可以開始計時。』
「你聽不懂嗎?不要來。」
『要開車了。』
關掉手機螢幕,隨手擱在旁,我發動車子走人。

在這城市開車的人,在街上跟陌生人的默契可能比跟老朋友還要好。
尤其在這樣的深夜,一到只閃黃燈的路口,誰要先走誰要等,
只要車頭燈互望一下,就有默契了。
而我跟她,或許情感曾經濃烈,或許彼此有很多共同點,
但似乎很少有默契可言。
然而一旦有默契,那些默契卻像誓言般神聖。

其實只開十分鐘就到了,不是我高估她家的距離,也不是我開得快,
而是她很討厭遲到,只要遲到一分鐘她就會抓狂。

沒想到過了十四年五個月，高估她要等待的時間，
或提早在約定時間前到達，仍然是我對她的反射動作。

雖然正處於記憶體不足、需要記得的事卻不斷增多的年紀，
但即使記憶力下降和需要記憶的東西如滾輪般不斷轉動，
仍然有一些記憶已化為血液安靜漫流，時間拿它沒轍。
五千多天也沒改變我對這裡一草一木的鮮明記憶。
唯一的差別，以前機車總是騎進巷子，而現在車子只能停在巷口。

下了車，打開手機，有兩則未讀訊息：
「你真的開車了？」
「很晚了，不要出門。我是為你好。」
『我到了。』我回她。
然後靜靜等待手機螢幕出現回應，像過去的十二萬多個小時。

「我下去。」
我的視線突然一片模糊。

鐵門緩緩開啟，等她探身而出的時間對我而言最長，
雖然物理上大概只有三秒鐘。
在夜色下看不清她的臉，只感覺她好像瘦了，頭髮也變長了。
她朝我走了幾步，街燈映照她的臉，我才看清楚她。
七百五十幾萬分鐘也不曾稀釋我對她臉龐的熟悉。
但我忽然覺得，上次見到她已經是 100 年前的事了。

「去 7-11 吧。」說完她轉身就走。

看著她的背影，我又覺得好像什麼都沒變，彷彿她剛從教室出來，
而我只在 M 棟側門水池邊等了她五分鐘而已。

她領著我穿梭在黑暗的巷弄，靜謐的深夜裡只有我們細碎的腳步聲。
「唉唷，這邊走快一點。」她似乎有些驚慌。
『怎麼了？』我問，『妳怕黑？』
「嗯。」她點點頭。
『妳膽子這麼小？』我很驚訝。
「我本來就膽小，只是脾氣壞而已。」
我笑了起來，她瞪了我一眼。

笑聲一停，我又回復驚訝狀態。
我完全沒有她膽小或怕黑的印象啊。
莫非那四億五千多萬秒還是奪走了我對她的某些記憶？

穿過這片純粹的黑暗後，右轉十幾步終於到大馬路，
再左轉經過三間房子就到 7-11。
「你想喝什麼？」她問。
『一碗孟婆湯。』我說。

「如果你那麼想忘掉我，我可以幫忙。」她說。
『不是忘掉妳，是忘掉分離的那段時間。』
「我們多久沒見了？」
『十四年五個月，五千多天，十二萬多個小時，七百五十幾萬分鐘。
　四億五千多萬秒。』

「有這麼久了？」她說。

『妳不記得嗎？』

「忘了。」

『妳竟然忘了？』我很驚訝。

「這很重要嗎？毫無音訊也能照常過生活，所以記得已經多久沒見
　很重要嗎？」

『確實不重要，忘了就忘了。』我有點洩氣。

「你坐一下，我進去買。」她轉身走進 7-11。

騎樓有兩張圓桌，一張桌子上有兩瓶空的啤酒易開罐，

還有一個裝了咖啡渣的紙杯，杯子裡插了五根菸屁股。

另一張桌子除了空啤酒罐外，充當菸灰缸的紙杯插滿了菸屁股，

還有一個吃剩一點點的塑膠碗，之前應該是某種咖哩飯。

我選擇沒有咖哩飯的那張圓桌，坐了下來。

久別重逢的場景選在這裡，看來是凶多吉少。

她拿了兩杯飲料走出來，一杯放我面前，然後在我對面坐下。

騎樓的燈光算明亮，足夠讓我看清楚她的臉。

20 幾歲的我，始終覺得 20 幾歲的她是美麗的。

而現在 30 幾歲的我，只覺得 30 幾歲的她很熟悉。

雖然我才只看了 30 幾歲的她幾分鐘。

有些人你看了一輩子，只要幾天不見，再看到時瞬間會感覺陌生；

但有種人是即使多年不見，重逢的瞬間，連氣味都依然熟悉。

沒想到她是屬於後者。

『這不是咖啡？』我喝了一口。

「你有說要咖啡嗎？」

『沒有。』我說，『但妳應該記得我喜歡喝咖啡吧？記得嗎？』

「為什麼認為我該記得？」

『所以妳忘了？』

「沒錯。我忘了。」

我又覺得洩氣，沒回話，只是看著她。

「這是抹茶。」她說。

『好甜。』

「我喜歡喝甜的。」

『我記得。但我不喜歡喝甜的。妳記得嗎？』

「忘了。」

『妳又忘了？』

「如果已打算一輩子不相借問，還需要記得你不喜歡什麼嗎？」

我看了一眼隔壁桌，感覺坐在那桌應該會比較符合現在的氣氛。

「陪我一起喝抹茶很痛苦嗎？」

『不會。』

「不喜歡喝就別喝，我沒逼你。」

『我知道妳沒逼我。』

「但你的表情在說：這女生還是一樣任性，都不管別人要什麼，只管
　自己要的自己喜歡的。」

『我的表情有說出那麼複雜的話嗎？』我摸了摸自己的臉。

「有。」她說，「你以前就是這樣，什麼話都不會說，但表情卻說了

　一大堆。」

『妳記得這個？』

「廢話。」

『是記得的廢話？還是不記得的廢話？』

「1。」

『妳忘了一堆，卻記得這個？』我很納悶。

「誰說我忘了一堆。」

『妳啊。妳剛剛一直說忘了。』

「因為你老是問我記不記得，好像認為我應該不記得。既然你覺得我
　應該不記得，那我就順你的意，說忘了。」

『我只是問，沒有別的意思。』

「最好是，你心裡明明有答案了。你的表情已經說明了一切。」

『我表情的口才這麼好？這麼會說話？』我又摸了摸自己的臉。

「你的臉沒變。」她說。

『是嗎？』我問，『都沒變老？』

「嗯。」她說，「但我一定變老了。」

『沒啊。妳也沒變。』

「最好是。你的表情……」

『喂。』我打斷她，用力把臉皮拉直，『別再牽拖我的表情了。』

「但有一點，你明顯變了。」她說。

『哪一點？』

「決斷力。」

『什麼意思？』

「你在半夜兩點說要來看我，我原以為是開玩笑。」她說，「沒想到
　你說來就來，我說什麼也沒用。這種決斷力，你以前沒有。」

『我以前沒有嗎？』
「沒有。」她搖搖頭，「如果你有，我們之間就不是現在這樣了。」
我陷入沉思，她也不再多說。

『那妳覺得妳有變嗎？』我先打破短暫的沉默。
「有吧，變得比較願意讓你知道我在想什麼。」
『有嗎？』
「有。」她說，「可能在你眼中我只是輕移蓮步，但對我而言已經是
　馬拉松等級的距離。」
『妳這樣的改變很好。』我說，『我以前常常不知道妳在想什麼？』
「那是你不用心。」
『怎麼會是我不用心？妳幾乎什麼事都不說啊。』

「我有語言表達障礙，你應該用心感受我，而不是期待我告訴你。」
『妳哪有語言表達障礙？妳表達不爽時很直接，而且是一刀斃命。』
「你記錯人了。」
『我沒記錯，就是妳啊。妳不爽時說話的文字超銳利超精準。』
「你每次這樣說，我都很想馬上走人。」
『好，對不起。但即使我沒這樣說，妳也常常莫名其妙就離開。』

她突然站起身往右轉，我反射似的從椅子上彈起身，
伸出右手放在她左肩上。
『坐下好嗎？我們都 30 好幾了，已經沒有另一個十四年了。』

她轉過來，深邃的眼睛望著我，雖然很短暫，但我看見了不捨。
這麼多年了，我還是會溺水，因為我總是游不出她的眼神。

她緩緩坐下，我鬆了一口氣，也跟著坐下。
『突然又遇見妳，我完全沒心理準備。如果我因此顯得笨拙、失態、
　語無倫次，請妳原諒我。因為我從未想過能再與妳相遇。』
「我也沒想過我們會再碰面。」
『我會問妳：記得嗎？不是覺得妳應該記得，而是期待妳記得。只能
　期待，畢竟是這麼久沒見了。』

「你不用期待，我當然記得。」她說。
『真的嗎？』
「不相信就別問。」
『我沒有不信，只是驚訝。』

「少來。你明明不相信。」
『多去。我暗暗有懷疑。』
「你說什麼？」
『對聯。妳出上聯，我對下聯。』
「神經病。既不工整，意思也莫名其妙。」
『抱歉，一時之間對不出來。』
「你信不信無所謂，反正是事實。」
『我信。真的。』
她看了我一眼，沒再多說。

『謝謝妳肯下來見我，真的很感謝。』我說。

「最好是。」她瞪了我一眼,「你明明知道我一定會下來。」

『我怎麼可能會知道?以前妳就常常完全不理我啊。』

「你記錯人了。」

『是妳沒錯啊。妳只要不想理我,就很冷酷無情耶。』

「沒想到在你心裡我這麼糟糕。」

『我沒說糟糕,是讚嘆妳的意志很堅強。』我說。

「那我應該再展現一次堅強意志給你看。」

『千萬不要。』

「真的不要?可以重新回味一下從前哦。」

『現在已經在回味了。』

我們同時靜默,好像終於意識到這是久別重逢的場景。

不是像以前那樣,每一次見面都是理所當然。

今晚的一切,每分每秒,就像是中樂透頭獎,

都是過去那一大段空白的日子裡作夢也夢不到的恩寵。

『為什麼這麼晚了妳還肯下來見我?』我問。

「因為你不一樣。」

『不一樣?』

「即使是我重要的朋友,在這種時間我不會回 Line。如果是很重要的
朋友,我雖然會回 Line,但不會下來碰面。」

『所以我是?』

「笨蛋。就表示你比很重要的朋友還重要。」

『可以再表達更明確一點嗎?』

「我不想說了。」她說。

7-11 的男工讀生走過來，他的年紀跟我和她初識時的年紀差不多。
我和她初識時，是自以為知道愛情是什麼但其實並不懂的年紀。
而現在的重逢，是好像懂了愛情卻已經失去天真和勇氣的年紀。
相愛的時候我們都不懂愛情，懂得愛情後卻錯過可以相愛的時間。

他收走啤酒罐，用抹布擦了擦桌子，也拿走插了菸屁股的紙杯，
換上另一個裝了一半咖啡渣的紙杯。
現在這桌子好像可以適合當久別重逢的場景。
如果再來個燭光或插著玫瑰花的花瓶就完美了。

『有賣蠟燭嗎？』我問。
「沒有。但是有手電筒。」他回答。
『有玫瑰花嗎？』
「有。但那是手工肥皂。」
『嗯。謝謝。』我說。
他點了點頭，便走進 7-11。

「神經病。」她說，「你問那些幹嘛？」
『妳記不記得有次我送妳三朵紅玫瑰？』
「你記錯人了。」
『妳怎麼老說我記錯人？這是妳的口頭禪嗎？』
「因為是五朵。」她說，「而且是粉紅玫瑰才對。」

『是嗎？』我有點驚訝。

「我收到的是五朵粉紅玫瑰，三朵紅玫瑰你應該是送給別人。」

『不要亂說。』

「如果你覺得我亂說，那我就不說了。」

『那我該怎麼辦？說妳亂說，妳就不說，可是我明明沒記錯人啊。』我有點激動，『妳收到花後面無表情，只說：買花實在沒必要。』

「我說了，我有語言表達障礙。」

『這哪裡有障礙？』

「我很不擅長用語言表達喜悅。」

『所以妳那時其實是高興的？』

「廢話。」

『是高興的廢話？還是不高興的廢話？』

「1。」

『那妳也有表情表達障礙嗎？』

「表情？」

『因為妳的臉常常面無表情，或是冷冷酷酷的。』

「那是對你。」

『為什麼？』

「因為我不想對你洩漏太多。」她說，「今晚應該是我對你洩漏最多的時候了。」

很多事跟青春一樣，回不去了。

就像今晚，即使終於在她願意洩漏下，知道了很多以前不知道的事。

但除了可以恍然大悟外，或許再加上感慨，還能做什麼呢？

我有改變，她也有改變，但過去的事實始終不會改變。

『如果我們之間發生 100 件事，這麼多年後我可能記得 80 件，妳記得
　70 件。扣掉我們同時記得的，剩下的就是我記得妳不記得或妳記得
　我不記得的事。如果我們兩相對照的話，回憶就更完整了。』

「你的比喻不好。」她說，「因為我記得的一定比你多。」

『可是妳以前常稱讚我的記憶很好耶，而且比妳好。』

「嗯。跟你的好記憶相比，我通常簡單回答：忘了。但關於你的所有
　記憶，我不是忘了，只是不想碰觸。」

她喝了一口抹茶，若有似無看了我一眼後，再喝一口。

「我曾經以為，忘了最輕鬆，不用背負當時的遺憾，以及無法遺忘的
　重量。現在突然再聯絡上你，我才發現，沒有說出口的遺憾，其實
　一直都在。」

『遺憾？』

「這些年來，我腦海裡常常浮現一個畫面。」

『什麼畫面？』

「那時我在台北補托福，有次下課後你送我回去。」

『我記得，因為只送過那麼一次。但走到巷口時，妳堅持要自己走，
　不讓我跟。還要我趕緊離開。』

「嗯。」她點點頭，「我獨自低頭默默走了很久，沒回頭。」

『我知道。因為我一直注視著妳的背影。』

「我其實知道你沒走，一定待在原地看著我。」

『就這個畫面？』

「嗯。」

『這畫面有特別意義嗎？』

「不知道。」她搖搖頭,「但這些年來,我常莫名其妙想起這畫面。
　而且每當想起你,一定都會伴隨著這個畫面。」

『嗯……』我想了一下,『妳覺得為什麼妳會常想起這畫面?』
「可能是覺得遺憾吧。」
『什麼遺憾?』
「我那時應該回頭的。」
我們互望了一眼,彷彿時空同時回到那年那晚的那個巷口。

「無論時間過了多久,那個畫面始終不曾模糊。彷彿不斷催促我,
　我應該要回頭,如果我回頭,一切都會不一樣了。」
我陷入沉思,沒有接話。

那個飄著濛濛細雨的夜晚,我們都沒帶傘。
站在一盞水銀燈照射下的巷口,她堅持要獨自走完剩下的路。
而我只能看著她的背影越來越暗、越來越淡,最終消失不見。
「我那時應該要回頭的。」她現在說。
『我那時應該要追上去。』我現在說。

「我喝完了。」她搖了搖手中的杯子。
『我還剩一半。』
「等你喝完,我再說。」
我用吸管猛吸抹茶,還沒感覺到甜味時液體已滑進喉嚨,
直到聽見清脆的聲響。
『喝完了。』我說。

「在很久很久以前，我是真的喜歡你。」她說。

『我知道。』

「在我們分離的這段時間，我對自己說過，如果將來有一天，我能再
　與你相遇，我一定要告訴你，我曾經很喜歡很喜歡你。」

我微微點了下頭，沒多說什麼。

「現在也是。」她接著說。

就算是 forget，至少曾經 get。

就算是 lover，最後還是會 over。

✈

我記得很清楚，第一次遇見她的時間。

我的記憶倉庫裡有個鐘，原本正常運轉，記錄人生大小事。
但在遇見她的那一刻，這個鐘突然受重擊、被敲壞，
時間從此停留在那一瞬間。

還好那時是夏天，而且是盛夏。
我不喜歡回憶，但如果必須要回憶，寧可回憶夏天的事。
冬天太冷，如果再加上一點悲傷的氛圍，回憶時很容易發抖。

那是我升大四的暑假，有天我去找在南台科大念書的國中同學。
這麼比喻好了，假設我為A；
在南台科大念書的國中同學陳佑祥，為B；
陳佑祥的女友李玉梅也在南台科大念書，為C；
李玉梅的國小同學林秋蘋，為D。
D就是敲壞我記憶倉庫裡那個鐘的人。

就像英文字母的排序，要經過B與C，A才可以碰到D。
在那個炎熱的上午，D陪著她表妹去南台科大參加圍棋比賽。
於是D順便去找C，C拉了B，剛好去找B的A也在。
但到了現場才發現比賽地點其實在台南高商。

我心想，南台科大和台南高商差很多吧。
「之前明明通知比賽地點在南台科大呀！」林秋蘋對我說，

「你以為我騙人嗎？」

『我什麼都沒說啊。』我說。

然後她騎機車載表妹趕去台南高商，過沒多久我也離開南台科大。

騎機車騎了十分鐘，看見路旁的她在大太陽底下牽著機車走。

『怎麼了嗎？』我騎到她身旁，問。

「我在撒哈拉沙漠裡拉著生病的駱駝找綠洲。」她說。

『什麼？』

「你不會看嗎？」她沒好氣，「機車拋錨了，我要找機車店修理。」

『比賽都快開始了，哪有時間修理機車？』

「不然你教我呀，你教我怎麼做？」

『先把妳的車停好。』我說，『我載妳們去。』

「我們有兩個人耶！」

『三貼就好。妳表妹才國小三年級，體積不大。』

「你意思是我體積大？」

『車停那邊。』我不理她，指著路旁一塊空地，『然後上我的車。』

我載著她們，火速趕往台南高商。

一進校門，便見人來人往、熱鬧非凡，很多家長陪著小孩來比賽。

教室走廊、有陰影的角落，都坐滿了人，好像大學聯考時的考場。

我心想，大家都知道在這裡比賽啊，怎麼她跑去南台科大？

「之前明明通知比賽地點在南台科大呀！你以為我騙人嗎？」

『我什麼都沒說啊。』我說。

圍棋比賽在體育館內舉行，閒雜人等不能進去。

她急忙拉著表妹去報到，雖然已錯過比賽的開幕式，
但總算在比賽前三分鐘把表妹送進體育館，她終於鬆了一口氣。
我陪著她想找塊陰涼的角落休息，但根本找不到淨土。
別人都是自備椅子和扇子，再寒酸的起碼也帶了報紙鋪在地。
而她卻是兩手空空，什麼也沒帶，連水也沒。
我們只能勉強在一處灑了點點陽光的樓梯旁席地而坐。

「你意思是我體積大？」
『妳還有心情問這個？』
「為什麼沒心情？」
『妳表妹可能要比一天，妳坐在這裡撐得過一天嗎？』
「為什麼不行？」
『光坐在地上無聊沒事可做，就可以悶死妳了。』
「我不會覺得無聊。如果你覺得無聊，你可以走，我沒要你留下。」

她這麼說，我反而覺得如果我走了留下她一個人，很沒道義。
『我陪妳說說話，度過這一天。』
「不需要。」她說，「你載我們來，已經很夠了。」
我心想，這女孩真的很難相處，渾身是刺。

「你如果覺得我很難相處，你可以離開。」
『我什麼都沒說啊。』
「之前明明通知比賽地點在南台科大呀！你以為我騙人嗎？」
『我什麼都沒說啊。』
「最好是。你的表情已經說明了一切。」

『我的表情？』我摸了摸自己的臉。

「對。」

『我的表情有怎樣嗎？』

「就是有那種覺得我很難相處、覺得我騙人的表情。」

『妳這是栽贓吧？』

「那我不說了。」

她說完後，還真的轉過頭，看著遠處不說話。

我不知道怎麼辦？

走也不是，留也不是，也只能看著遠處不說話。

只不過我的遠處和她的遠處，兩個遠處距離好遠好遠。

我回想起今天遇見她的過程，沒有預期，也沒有心理準備。

原以為只是跟她擦身而過，沒想到現在幾乎並肩而坐。

可惜沒交談好像少了點什麼，應該要發生些什麼才對。

然而跟她交談的過程宛如穿越荊棘叢，很難不扎到刺。

正在思考該怎麼說話才能避開刺，左肩突然被碰觸。

轉過頭，發現她雙眼閉上身子癱軟靠著我左肩。

我嚇了一跳，搖了搖她，她好像意識不清，嘴裡模模糊糊說些話。

看她額頭出了些汗，便摸了摸她額頭，很燙。

我趕緊將她輕放在地上，跑去不遠處賣冷飲的小攤位，

買了兩瓶冰涼的礦泉水和一瓶運動飲料。

然後將她的後頸枕在我的左手臂彎，打開一瓶礦泉水，

將冰涼的水淋滿她的臉和上半身。另一瓶礦泉水則貼著她額頭降溫。

打開運動飲料，撥開她的嘴，將瓶口貼住她下唇，緩緩餵她喝。

餵了十幾口後，她咳嗽兩聲然後睜開眼。
她先是一臉迷惘，隨即發現身上的衣服都濕透了，驚呼：
「我身上怎麼都濕了？」
『我在妳身上澆了水。』我指著地上一個礦泉水空瓶。
「澆水？」她有些疑惑，「我看起來像花嗎？」
『很像。』我笑了笑。

她掙扎著想起身，但身體虛軟，試了兩次都沒成功。
『抱歉。』我拿走貼著她額頭的礦泉水瓶，將她上身扶正坐起，
『剛剛澆水是因為要幫妳散熱。』
「我怎麼了？」
『應該是中暑吧。』我說，『可能還需要口對口人工呼吸。』
「你敢？」
『嗯。』我點點頭，『我確定妳意識完全恢復正常了。』

我把運動飲料拿給她，要她喝完。
這裡不夠陰涼，我想再找個地方，便問她能不能站起身？
但她雙腿似乎無力，站不起身。
『我背妳？』
「你瘋了？」
『妳需要陰涼的地方休息，我背妳是權宜之計。』
「那我寧可死在炎熱的地方。」

『妳的運動飲料還有嗎？』

「還剩一點。」她搖了搖手中的寶特瓶,「你要喝嗎?」

『嗯。』我點點頭,『因為我無言(鹽)了。』

「神經病。」她直接喝光剩下的運動飲料。

我把剛貼著她額頭的礦泉水喝掉,再去買瓶冰涼的礦泉水,

讓她拿著貼額頭或貼臉。

『幸好妳中暑,我今天才不會無聊。』

「你竟然說幸好?」

『是啊,幸好妳中暑,原本沒事可做的我才可以急忙去買冰水和運動

　飲料,餵妳喝還幫妳降溫,心裡還想著如果妳沒醒過來就要送妳去

　醫院。有這麼多事可以做和可以想,我就不會無聊了啊。』

「謝謝你。」她緩緩開口。

『不客氣。』我笑了笑,『但妳可不可以幫我一個忙?』

「什麼忙?」

『讓我背妳去更陰涼的地方吧。』

「可是你說我體積大。」

『我哪有說?妳的體積不大啊。』

「最好是。你明明覺得我體積大。」

『不管明明或暗暗,在我看來妳很瘦啊。』

她沒回話,好像正在思考。

我直接蹲下身,轉頭說:『上來吧。』

她雙手抓住我肩膀,我雙手勾著她小腿肚,然後起身。

走沒多久,立刻有人讓出陰涼的角落,還給了墊子和抱枕。

我讓她躺下,折了幾張報紙充當扇子,幫她搧風。

「為什麼說我很像花？」她問。

『因為突然想起一句話。』

「哪句？」

『妳不知道妳是多麼美麗，妳像花兒一樣盲目。』

「這是泰戈爾的詩句。」

『嗯。但很適合形容妳。』

她沒回話，只是眼睛眨了一下。

可能是我的錯覺吧，我彷彿看到一朵山野間的花，

毫無顧忌、盲目張揚、慵懶優雅地綻放著。

2.

不知道是因為睡得少，還是昨夜的相見太夢幻，
早上起床後有種不知今日是何日的恍惚。
啊，其實不能說昨夜，要說今天凌晨才對。
看來我醒了。

因為公事，才有見面的機會。
沒想到見了面，卻完全沒談到公事。
打開信箱，發現她寄來的信：

「謝謝你願意協助並擔任本計畫案的顧問。目前也有幾位和你一樣具
　實務經驗的人願意提供協助。但願藉這計畫我們能多互動，也希望
　你能多幫忙，更請你多指教。」

就這樣沒了？
既沒附件也沒其他文字，而且她寄信的時間應該是凌晨剛回到家。
看來她不只有語言表達障礙、表情表達障礙，她還有文字表達障礙。
剛看到這封信的瞬間，心裡還期待或許她又願意「洩漏」些什麼，
但我想不能多期待了，畢竟威猛的老虎不會變成柔順的兔子，
即使過了十幾年。

『指教不敢當。只希望我們互動的方式可以不要那麼客氣。』
我回了信。只寫這樣。

快下班時，收到她傳來的 Line：

「你不喜歡我客氣？」

『妳是太客氣了，感覺很生疏客套。』

「原來你喜歡我不客氣。那好，我們不要再聯絡了。」

『啊？』

「這就是我的不客氣方式。」

『妳誤會了。我是指我們之間不需要客套。』

「是你誤會。你把我的誠意當作客套。」

『請妳息怒。不要動不動就說不要再聯絡了。』

「我沒生氣，只是照你意思做而已。」

『妳會照我意思做？』

「對呀，當然照你意思。你希望不客氣我就不客氣。」

『好，那我的意思是出來吃個飯。照我意思做吧。』

等了幾分鐘，依然是已讀不回狀態。

『在考慮去哪吃嗎？』我回。

「考慮這幹嘛？」

『妳不是說會照我意思做？我剛剛說了：出來吃個飯。』

「那是你的客氣客套，不是你的意思。」

『妳為什麼老是這麼不講理？』

「如果覺得我不講理，可以不要再聯絡。」

『妳講話好有道理喔。』

又是已讀不回狀態，等了 20 分鐘後決定開車回家。

剛上車又看了一眼手機，還是沒任何新訊息。

忍不住打了她手機，但她沒有接聽。

五分鐘後等紅燈時再打一次，結果還是一樣。

唉，以後真的要小心翼翼回話了。

但再怎麼小心好像也會踩到地雷，搞不好也沒小心的機會。

因為可能也沒「以後」了。

心情悶到爆，得小心開車，不然看到機車亂鑽時我可能不會踩煞車。

沒想到手機響了，她打來的。

「你知道大菜市包仔王嗎？」

『不知道。怎麼了？』

「我想去那裡吃意麵。我最喜歡吃意麵了。」

『妳最喜歡吃意麵？我怎麼不知道？』

「這很正常。關於我的好惡，你總是不知道。」

『喂，別這麼說。』

「如果你不喜歡聽，那我不說了。」

『我很喜歡聽。』

「但我不想說了。」

在彼此沉默只聽見輕微呼吸聲的五秒鐘過後，我開口：

『妳一個人去吃嗎？』

「廢話。」

『是一個人的廢話？還是跟人去的廢話？』

「1。」

『那我也可以去吃嗎？』

「你都幾歲的人了，你想去哪吃我管得著嗎？」

『好。那我也去。』

「我現在要開車，20 分鐘後見。」

掛上手機，上網查了一下那家店的地址，估計從我現在位置到那裡，只要 10 分鐘。

可是她從上班的地方開車過去，應該要半個鐘頭吧。

她對需要花多少時間到達某個地方，總是會低估。

她這點我很清楚，以前常因這樣多等了她一些時間。

咦？這些細節我都記得，但為什麼她最喜歡吃意麵這麼明顯的特點，我卻一點記憶也沒？

我順利抵達，停好車後在店門口等她。

依她的估計，我大約還要等 10 分鐘。但依我的估計，至少 20 分鐘。

果然 20 分鐘後手機響起。

「你知道西門路怎麼走嗎？」她問。

『西門路很長，妳在哪？』

「我在府前路。」

『府前路也很長，妳大概在哪裡？』

「你什麼都說很長，有短的嗎？」

『有。比方人生，還有愛情也是。』

「好好講話，我差點撞車。」

『小心開車。妳在府前路是向東還是向西開？』

「我如果知道我隨便你。」

『妳要不要乾脆用 GPS 導航？』

「我才不要讓 GPS 操控我的方向。」

『但妳完全沒方向感啊。』

「我知道。等一下，我看到西門路口了，要右轉還是左轉？」

『我如果知道我隨便妳。』

「快！右轉還是左轉？」

『右轉。』

「好。」

『喂，我是用猜的。』

「無所謂。反正聽你的。」

『妳不要讓 GPS 操控方向，卻讓我決定方向？』

「你如果覺得這樣不好，我可以都不聽你的話。」

『這樣很好，聽我的話好。』

「方向對了，但還沒到。」她說。

『只要方向對了，就不怕路有多遙遠。』

「但你不是我人生的方向。」

唉，她還是習慣維持低溫，十幾年了也沒改變。

但我心臟可能不像十幾年前那麼耐冷了。

『我是妳的什麼方向？』我問。

「我不想說。」

『好吧。我在店門口等妳。』

「嗯。先這樣。」

她掛上手機，我安靜地等她，像以前一樣。
沒想到這種等待她出現的感覺也是非常熟悉。
我們真的已經分離十四年五個月了嗎？

她遠遠走來，穿著牛仔藍連身裙，吸走了騎樓所有的光線。
她雖筆直往前走，但視線不是向左就是向右，從不看前方。
以前我常跟她說這是壞習慣，她總回：「等撞到人再說。」
但她從來沒有撞到人或是撞到東西。

我悄悄向前，躲在一根柱子後方。
在她距離我只剩三步時，我迅速往右移動，讓她撞個正著。
她嚇了一跳。

『走路要看前面。』我說。
「人生才要往前看，走路不必。」
『這樣危險，會撞到人的。』
「等撞到人再說。」
『那妳可以說了，因為妳剛剛就撞到我了。』
「是你來撞我。」

『妳還是改掉這個壞習慣吧。』
「這不是我的習慣。」
『可是每次我等妳迎面走來時，妳都是看左看右，從沒看前面。』
「因為我不想接觸你的視線。」
『為什麼？』
「不想讓你看見我緊張的樣子。」

『妳看見我會緊張？』

「我已經說了。」

她在我心裡的分量絕對無庸置疑，這十幾年來我常在腦子裡看見她。

但她的某些言行令我百思不解，因此總覺得她的影像有些朦朧。

如今她每洩漏一些，影像就更清晰一些。

『謝謝妳的洩漏。』

「你到底要不要吃麵？」

我笑了笑，跟她一起走進店裡。

我們都點了乾麵，一大一小，還切了一些滷味。

等待麵端過來的時間，我看著坐在我對面的她。

我突然覺得好陌生。

不是對她陌生，而是對我們現在的場景陌生。

我好像沒有跟她一起坐著等待食物端上來的記憶。

我心裡納悶，視線四處打量這家店，她則低頭滑手機。

『這家店妳常來？』

「第一次來。」她視線離開手機，抬起頭：「我看到一篇文章寫台南
　　100 家麵店，我想都吃吃看。」

『這家店也是？』

「嗯。」她說，「那 100 家麵店我吃過的很少。」

『妳以前吃過幾家？』

「一家。」

『就是 99 家沒吃過的意思？』

「廢話。」

『妳真的有語言表達障礙。』我說,『一般人會直接說只吃過一家,
　而妳卻說:吃過的很少。』
「一家不是很少嗎?難道一家叫很多嗎?」
『嗯。』我小心翼翼,『妳說的很有道理。』
她沒回話,又低下頭滑手機。
還好,麵端上來了,她才又抬起頭。

『開車要小心,盡量不要講手機。』我吃了一口麵後說。
「我們真的很久沒見了。」她看我一眼,「沒有共通的話題很正常,
　你不用絞盡腦汁想話題。」
『我還是專心吃麵好了。』
我閉上嘴,偷偷看她吃麵的樣子,吃相很優雅。

有些人用筷子夾起麵時,會習慣性上下晃幾次,再送入嘴巴。
但她夾起麵時,會緩緩直接放進嘴裡,筷子不會上下晃動。
如果麵條太長她就咬斷,不會再用筷子拉扯或啾一聲直接吸進去。
我突然有種這是我第一次看她吃麵的感覺。

但應該不會吧?
我努力找尋記憶中所有關於她的影像,確實沒發現她吃麵的影像。
再看了一眼她拿筷子的手⋯⋯

『妳好厲害,竟然能用左手拿筷子吃麵。』
「我從小就用左手。」

『啊？』我大吃一驚，『妳是左撇子？』

「嗯。」

『可是……』

「可是你不知道是吧？」她淡淡地說，「因為你不怎麼注意我，所以
　不知道我是左撇子很正常。需要那麼驚訝嗎？」

我完全接不下話。

如果我口口聲聲說記得關於她的一切而且記憶仍然清晰，

卻根本不知道她是左撇子，那我會羞愧得無地自容。

然而事實擺在眼前，她是左撇子沒錯啊。

難道我只是自以為記得一切但其實我已經忘得差不多了？

「我吃飽了。」她說。

『妳還剩一半耶。』

「我已經吃很多了。」

『小碗的乾麵只吃一半還敢說吃很多？』

「我還有吃滷味啊。」

『滷味妳也只吃兩三口，我還以為妳要把麵吃完再專心吃滷味。』

「反正我吃很多了，我飽了。」她說。

『妳食量這麼小？』我很納悶，『為什麼脾氣卻那麼壞？』

「食量跟脾氣無關。」

『是無關，但很難想像。妳能想像火山爆發時天崩地裂，但火山卻吃
　很少嗎？』

「莫名其妙的比喻。」

『妳吃那麼少，怎麼還有力氣發火？而且一火就是十幾年？』

「我不是因為生氣而離開。」

我愣了一下，她這句話好像有深意。

『那妳為什麼離開？』我問。

「我不想說。」

『洩漏一點就好。』

「我有語言表達障礙。」

她看了我一眼，眼神很堅定，這代表她死也不會說。

『妳都吃這麼少，這麼多年來妳是怎麼活過來的？』我問。

「現在才知道要關心，會不會太晚？」

『我根本不知道妳食量這麼小啊。』

「你不知道的事很多，沒差這一件。」

『妳會不會常常在睡夢中哭著醒過來，然後喊：肚子好餓？』

「神經病。」她把她的碗推向我，「你說我食量小，想必你食量大。
　你把我的麵吃完，還有這盤滷味也吃完。」

『妳滷味點太多了。』我看著那一大盤滷味。

「我不知道你愛吃什麼，就每樣都夾一點。」

『原來妳也不知道我愛吃什麼。』

「知道你愛吃什麼很重要嗎？」

『奇怪，同樣都是不知道，為什麼我的不知道好像罪該萬死，而妳的
　不知道卻是理所當然？』

「我沒說理所當然，我只是毫不在意。」

『我還是專心吃滷味好了。』

而她，則低頭專心滑手機。

『對了，我打妳手機，妳好像都不接？』

「沒故意不接。」她說，「不然你打打看。」

『現在嗎？』

「你如果從此不想再打也可以。」

我馬上拿出手機撥打她的號碼，兩秒後她手機螢幕跳出畫面，

卻沒半點聲響，連震動也沒。

『猴子？』我幾乎大叫，『妳把我的號碼取名為猴子？』

「你是猴子沒錯。」

『妳到現在還是這麼認為？』

「我認為你還是。」

我想反駁卻沒強而有力的理由，只能沉默。

「我的手機永遠是靜音狀態。因為我不喜歡手機響聲，很吵。」

『那妳幹嘛還用手機？』

「現在的人沒有手機可能會比恐龍復活還要奇怪。」

『手機永遠是靜音會漏掉重要的電話吧？』

「我會看紀錄。不重要的人打來，我不會回；重要的朋友打來，我會
　看狀況決定回不回；如果是很重要的朋友，我會等有空時回。」

『如果是我呢？』

「看到後就馬上回了。」

『所以我是？』我問。

「你是不知道我手機永遠是靜音狀態的人，可能你不在意吧。」

『這點妳就不能扣我帽子了，因為以前妳沒有手機。』

「我有手機已經好多年了，手機都換了好幾支。」

『我們分開的時間更久。』

我們互望了一眼，短暫停頓一下。

「不管我換了幾支手機，手機通訊錄裡，都有一個我永遠不會打卻也
　不會刪的號碼。」

『那是？』

「猴子。」

『可是妳昨天就打了。』

「那是我所犯的最不可饒恕的錯。我以後絕對不該再犯。」

『拜託請妳繼續犯。而我努力把滷味吃完。』

她又低下頭，滑手機。

十幾年前手機開始普及，為了讓她可以很方便找到我，我辦了手機。

其實我很希望她也辦手機，但她覺得沒必要。

這十幾年來，我手機也換了好幾支，但號碼始終沒變。

沒想到她到現在還記得我的手機號碼，而且一直存在手機通訊錄裡，
光這點就足夠了。

即使在昨天之前她從沒撥過，我也依舊存在。

分離後她有了手機，我雖然不知道，但很容易理解。

我知道她喜歡安靜，不過讓手機一直保持靜音狀態也很誇張。

既然我不知道她有了手機，因此當然不知道她總是關成靜音。

如果她以前肯辦手機，我那時絕對會知道她這個特質。

她的所有特質總是鮮明，我怎麼可能不知道？即使想忘也忘不了。

但為什麼我卻忘了她最喜歡吃意麵、食量很小，而且是左撇子呢？

啊！我知道了！

『我們以前根本沒有一起吃過飯，一次也沒。』我說。

「現在才想起來。」她抬起頭看了我一眼。

我恍然大悟，終於想起來了，以前我和她從沒一起吃過飯。

因此我不知道她最喜歡吃意麵，也不知道她的食量很小，

更不知道她是左撇子。

而她也不知道我愛吃什麼。

昨晚她經過一片純粹的黑暗時，說她怕黑，我也完全沒印象。

那是因為我們以前從沒經過純粹的黑暗。

以前我們有時會一起在深夜裡漫步，但總有些微弱的燈光。

因此我也不知道她膽子很小，怕黑。

我突然覺得，今晚能和她一起吃麵好像是一種救贖。

久別重逢的意義，是不是在彌補過去來不及完成的遺憾呢？

『為什麼我們以前從沒一起吃過飯？』

「以前我在心裡畫一條紅色的界線，提醒自己很多事不能做，絕不能
　越線。」

『一起吃飯會越線？』

「嗯。」她點點頭，「怕養成習慣，怕因而依賴，怕會離不開。」

『現在呢？』

「現在覺得以前從沒一起吃飯也算遺憾。」她說。

『所以妳找我吃飯是彌補遺憾？』

「算彌補了遺憾。」她說,「但卻是你找我吃飯,不是我找你。」

『我找妳吃飯?』我很納悶。

「你電話中說了:我的意思是出來吃個飯。照我意思做吧。」

『喔。』我想起來了。

「你只會喔。」她瞪我一眼。

『我沒想到妳這麼聽我的話。』

「你說的話,我總是沒有抵抗力。」

我看著她,她似乎刻意轉頭將視線朝向別處。

『那我是妳的什麼方向?』

「剛說了,我不想說。」

『這麼多年了,妳對我說話還是得維持低溫嗎?』

她看著我,眼神雖然還是結冰的湖面,但已經出現融化的痕跡。

「我原以為,只要喝完一杯抹茶的時間就夠了。」她說。

『嗯?』

「因為我只向老天祈求,喝完一杯抹茶的時間而已。」

『昨晚就喝了一杯抹茶了。』

「嗯。所以我以為……」她欲言又止,「沒事。」

『我是妳的什麼方向?』我又問。

「不想面對的方向。」她說。

『為什麼?』

「一旦面對,就無法轉身。」她輕輕嘆了一口氣,「因為不想面對,
  所以轉頭朝別的方向。可是一轉頭就是十四年。」

『總比一轉頭就是一輩子好。』

「或許吧。」

『妳現在想面對了嗎？』

「還是會怕。」她搖搖頭。

『仍然覺得我像黑黑的深洞？』

「嗯。」她說，「一旦跳進黑黑的深洞，就很怕離不開、回不來。」

『這就是妳怕黑的理由吧。』我恍然大悟。

「因為你，我會怕黑。」她說，「我總會聯想到那種離不開、回不來
　的感覺。」

『很抱歉。』

「但如果已經離不開、回不來……」她聳聳肩，「也就不怕了。」

我凝視著她，時間好像回到那年騎機車去見她的冬夜，

甚至有寒風刺骨的錯覺。

即使昨晚重逢時她的溫度很高，

但她似乎還是習慣維持像那年寒流來襲那晚的低溫。

終於吃完了，我們一起離開，我陪她走向她停車的地方。

『這家吃完還有 98 家。』我說，『我陪妳一起吃過一遍？』

「看心情。」

『心情好就吃？還是心情不好時吃？』

「廢話。」

『是心情好的廢話？還是心情不好的廢話？』

「1。」

『那麻煩了，因為妳的心情總是不太好。』

「沒想到你時，我的心情還不錯。」

『所以妳想到我時，心情就很糟糕？』

「廢話。」

『是糟糕的廢話？還是不糟糕的廢話？』

「1。」

『那看到我呢？』

「廢話。」

『是糟糕的廢話？還是不糟糕的廢話？』

「2。」

她打開車門，坐上車，關上車門，繫好安全帶。

「你喜歡吃麵嗎？」她搖下車窗，問。

『很喜歡。像今天這家的麵就很好吃。』

「你喜歡就好。」

『妳怕我不喜歡吃麵？』

「只是希望我喜歡的，你也喜歡。」她說，「另外，在一盤滷味中，

　　你最先夾豆干，最後夾海帶。你比較喜歡豆干還是海帶？」

『海帶。』我說。

「嗯。那我知道了。」

『妳也喜歡海帶？』

「不喜歡。」她搖搖頭，「只是想知道你喜歡吃什麼。」

『那妳剛剛還說毫不在意。』

「不可以嗎？」

『可以。』我笑了笑。

她的手一直放在已插進鑰匙孔的車鑰匙上，遲遲沒發動。
「我該走了。」她終於說。
『開車小心。』
「嗯。」她發動車子，「其實我一直很想和你一起吃麵。」
『想多久了？』我問。

「十幾年。」她搖上車窗，開車走了。

「你到底喜歡我什麼?」她問。

『我可以回答妳,但需要花一些時間。』

「為什麼?」

『因為實在太多了。』

✈ ✈

那天我一直陪著她，在一個寬闊走廊的牆角。
我們並沒有一直交談，多數時間是她看她的遠處，我看我的遠處。
手邊既沒書也沒耳機，光這麼杵著，我都快變雕像了。
我幾乎想跟她說：我們交換好嗎？讓我看她的遠處，她看我的遠處。
這樣我起碼還可以看到不同的遠處，不會只是那三棵營養不良的樹。

在有限的交談時間中，我知道了她的一些基本資料。
包括她的名字，還有她和我同屆，念同一間學校但不同系。
至於其他比如興趣、習慣、家裡幾個人幾條狗之類的，一概沒聊到。
不過她的個性和脾氣，我倒領教了一些。
只要我們對話有點乾，她便直接轉頭朝向她的遠處，一句話也不說。
我則先假裝若無其事自言自語天氣好熱、人好多之類的廢話，
再緩緩、緩緩、緩緩轉頭朝向我的遠處。

中午吃飯時間到了，我問她想吃什麼？
「我不餓。」她回答，「不想吃。」
可是我好餓啊，我心想。

「如果你餓了，你自己去吃午飯。」
『我也不餓。』我竟莫名其妙說出違心之論，『那妳想喝點什麼？』
「甜的就好。」
『甜的？』我問：『比方什麼？』
「比方就是喝起來味道是甜的飲料。」

有說等於沒說。

但我也不敢再問，問了也只是看她再直接轉頭一次而已。

我去飲料攤挑了三瓶應該是甜的飲料，茶、果汁、汽水。

「你為什麼買三瓶？」

『因為不知道妳要喝什麼，就每種應該是甜的飲料各買一瓶。』

她看了我一眼，這一眼很長，應該超過五秒鐘。

然後她拿了果汁，說聲謝謝。

「你很細心。」她說。

『認識妳幾個小時了，第一次聽到妳稱讚我。』

「初識的朋友，我最快也要十天半個月才可能稱讚一句。」

『那我破妳紀錄了。』我笑了起來，『看來我很厲害。』

她沒回話，直接轉頭朝向她的遠處。

『今天天氣好熱，這裡人真的好多。』我又開始自言自語。

當我準備緩緩轉頭朝向我的遠處時，她突然轉頭看我，我只好僵住。

「你真的不餓？」她問。

『嗯。我不餓。』

「最好是。你的表情已經說明了你很餓。」

『我的表情這麼會說話？』我摸了摸自己的臉。

「餓了就趕快去吃飯呀。」她說。

『這樣太沒道義了，要就一起吃，不然就都不吃。』

「謝謝。」她又看了我很長的一眼，「但我真的吃不下。」

『幹嘛說謝謝？』

「因為我有禮貌。」

我忍不住笑了兩聲，她沒回應我的笑聲，直接轉頭朝向她的遠處。

我撐到她表妹比賽完，全身肌肉幾乎都石化了，然後載她們回家。
我停在一棟公寓的樓下，她或許住在某一個樓層。
她沒下車，卻要表妹先下車並拿出一串鑰匙給表妹。
「姊姊妳呢？」她表妹下車後問。
「我還有事。」她說，「妳先開門上樓去找阿姨。」
她表妹點個頭，跟我說聲謝謝後，打開鐵門進去。

機車已熄火，我和她的安全帽也都摘下，但我們還坐在機車上。
我等了半分鐘，她沒任何反應依然端坐在機車後座。
「你在等什麼？」她終於開口。
『等妳開口。』
「你在等我開口說謝謝嗎？」
『不是。』我說，『妳剛不是說妳還有事？我以為妳會跟我說再見，
　　然後去處理妳的事。』

「我幹嘛開口跟你說再見？」
『因為到妳家了啊。』
「我不想開口跟你說再見不行嗎？」
『可以。但妳不是還有事？』
「所以你要讓我一個人去處理我的機車嗎？」

『我載妳去。』我恍然大悟，重新發動機車。
「如果你有事，不必勉強。」
『我沒事。』

「你有事也會說沒事，就像你很餓也會說不餓。」
『那我的表情呢？』
「我在你後面，看不到。」

我迅速轉過頭想讓她看清楚我的表情，
但一轉頭發現我們兩人眼睛的距離不到 20 公分。
今天雖然不常跟她面對面說話，但只要視線跟她接觸，
就立刻被她的眼睛所吸引，而且會有不想離開的感覺。
而現在的距離更近了，那種不想離開的感覺更強，
甚至有離不開的錯覺。

我不知道這樣近距離互看了多久時間？
應該過了很長的時間，但我感覺很短，彷彿時間很老了走不動了。
我甚至沒聽見機車引擎低沉的隆隆聲。
直到有人打開鐵門走出來，那種清脆的鏗鏘聲才吵醒我。

『看夠了嗎？』我問。
「什麼看夠？」
『我的表情啊。』
「你現在的表情是現在，又不是剛剛的表情。」
『那妳再問一次。』

「如果你有事，不必勉強。」
『我沒事。』
她沒回話，只是又看了我一眼。

『我的表情還可以嗎？』

「可以。」

『我很好奇我的表情是怎樣，但更好奇妳為什麼都面無表情？』

「我是死人嗎？」

『嗯？』

「死人才面無表情。」

『把安全帽戴上。』我直接跳過她的話，『我要騎車了。』

載她表妹三貼時，她表妹夾在我和她中間，有緩衝作用。

如今機車上只有我和她，她雙手抓住機車後座鐵桿，沒碰觸到我。

我騎到她停放機車的地方，先停好我的車，再牽著她的車找機車店。

15分鐘後終於找到一家機車店，我已氣喘吁吁。

機車是這樣的，騎著它走跟牽著它走完全是兩件事。

『不知道會不會輪到我中暑？』

「現在是下午五點多，中什麼暑？」

『種番薯。』

「嗯？」

『番薯，又叫地瓜。』

她先是愣了一下，然後閃過一絲笑容，但隨即就停。

她這樣的笑容很像閃電，閃一下就停。

但發出閃光的瞬間，已足以讓人眼睛一亮。

『請問妳剛剛那是笑嗎？』

「廢話。」

『是什麼樣的廢話？』
「當然是笑呀，難道是臉抽筋嗎？」

『認識妳快一天了，第一次看到妳笑。』
「初識的朋友，我最快也要兩三個月才可能對他們笑一下。」
『那我又破妳紀錄了。』我笑了起來，『我覺得自己很厲害。』
她沒回話，轉過頭看著她正被修理的機車。

機車只是電瓶沒電，換個新電瓶就搞定。
她騎上她的機車載我到停放我機車的地方，不到三分鐘。
我下了她的車，跟她說聲 bye-bye。
「等一下。」她說。

『怎麼了？』
「我突然想到要給你一樣東西。」
『什麼東西？』
「你看了就知道。」
『這……』
「如果你有事，不必勉強。」
『我沒事。』看到她正注視著我，我完全不敢說違心之論。

「跟著我到我家樓下。」
『不用了啦。』
「聽見沒？」
『聽見了。』
她騎車走了，我趕緊也騎上我的車跟著她。

我很納悶，到底她要給我什麼東西？

想了一下，覺得也許她想答謝我今天所做的一切。

我們又抵達她家樓下，她很快停好車，跑去按電鈴要她媽開門。

鐵門鏗鏘一聲打開了。

「你先在這裡等我一下。」她轉頭對我說。

『妳不要客氣啦。』

「我客氣什麼？」

『妳真的不用客氣。』

「我沒客氣，只是要你等一下，我兩分鐘後就下來。」

『我只是舉手之勞，請妳不要客氣。』

「在這裡等我一下。聽見沒？」

『聽見了。』

她很快上樓，我可以聽見急促爬樓梯的腳步聲。

而我摘下安全帽坐在熄火機車上等她。

她說只等兩分鐘，我卻等了六分鐘。

「你看。」她下樓後，把一張紙拿給我。

『看什麼？』

「這上面明明公告圍棋比賽地點在南台科大呀！」

那張紙是從網站列印下來的，上面確實寫著比賽地點在南台科大。

「之前明明通知比賽地點在南台科大呀！你以為我騙人嗎？」

『妳還在提這個？』我音量變大。

「那是因為你以為我騙人。」

『我從沒說過妳騙人啊。』

「最好是。你的表情就那麼說。」

我有點哭笑不得，將紙還給她。
『現在真相大白，妳也沉冤得雪。恭喜妳。』
「我本來就沒有騙人。三個禮拜前就這麼公告了呀。」
『妳待會再去這網站看，應該也有比賽地點改在台南高商的公告。』
「我不管。反正之前公告的比賽地點在南台科大。」
『好，不用管。反正比賽都結束了。』

原本想像中的禮物落空了，我也該走了。
『bye-bye。』我揮揮手。
但她仍然站在原地，沒有說話，也沒有動作。

『妳還有事嗎？』我問。
「沒呀。」
『那我說 bye-bye 了，妳……』
「我不想說。」
『不想說什麼？』

「我不想說再見。可以嗎？」她說。
『可以。』
我戴上安全帽，掉轉車頭，發動引擎。
經過她身旁時，迅速與她眼神擦肩而過，她眼神很亮。

我彷彿看到夜空中的一道閃電。

3.

一杯水裡裝了一些沙，看起來仍是清水，只是底部淤積一些沙。
這是跟她重逢前，我的心的狀態。
快速攪拌這杯水時，沙子在水中竄上竄下互相撞擊，水已渾濁。
這是跟她重逢後，我的心的狀態。

如果停止攪拌，沙子會慢慢沉積杯底，緩緩的、慢慢的。
水會漸漸清澈，最後沙子全部都會沉積在杯底，
又變回看起來是清水的樣子。

重逢時的快速攪拌，已讓我的心渾濁；
我要繼續攪拌？還是靜靜等待沙子沉澱？
即使我繼續攪拌，時間久了後，我可能會因為沒力氣了而放棄攪拌，
最終還是只能等待沙子慢慢沉澱。

其實我也沒得選擇，因為快速攪拌是我現在的反射動作。
可惜吃完那家意麵後，我們已經一個禮拜沒碰面了。
曾經五千多天沒碰面也能安然度日；
現在才七天沒見，卻覺得生活不自在，好像每天都有該做的事沒做。

這七天內的前三天，我曾每天打一通電話給她，她當然都沒接。
但重點是，她也都沒回撥。
她說只要看到我打的未接來電就會馬上回撥，

那沒回撥代表沒看到？還是不想回？

心裡一堆問號，只能天馬行空亂猜測她失去音訊的原因。
但所有的亂想只會導致一個結論：她不想再跟我聯絡了。
以前我就知道她脾氣爆發的時間點就像地震一樣，
可能是兩年後，也可能是下一秒。
總之就是突發、不可預期且毫無徵兆。
每次脾氣爆發總是伴隨著毀滅，然後需要大小不等的時間重建。
例如最近一次的毀滅，要歷時十四年五個月才重建。

直到第七天的晚上，她才傳 Line 給我：
「你找我？我是說前幾天。」
『妳是前幾天看到未接來電？還是現在才看到幾天前的未接來電？』
「前幾天就看到了。」
『那妳現在才回？』
「如果你覺得我不用回，我可以不回。」

『我意思是為什麼妳現在才回？』
「因為我現在才想回。」
『前幾天剛看到時不想回？』
「嗯。」
我很沮喪，不知道該回什麼？

想起她說過：「重要的朋友打來，我會看狀況決定回不回；
如果是很重要的朋友，我會等有空時再回。」
她也說，只要是我，她看到後就馬上回了。

莫非我已從比很重要的朋友還重要，降級成很重要的朋友？

甚至連降兩級降成重要的朋友？

「你前幾天找我，有事嗎？」她又傳來。

『有分四天前、五天前、六天前，三種。』

「分別是什麼事呢？」

『六天前是問候，五天前是打招呼，四天前是 say hello。』

「原來你的中年生活這麼閒。」

『我哪會閒。但再怎麼忙，跟妳說說話總可以吧？』

「那就表示你不夠忙。」

『妳怎麼老是壞人等綠燈才過馬路就說他洗心革面、好人沒有撿地上
垃圾就說他同流合污的邏輯？』

「我不懂你的意思。」

『意思是妳老是因為一點點小事就全盤否定。』

「我否定了什麼嗎？」

『妳剛剛就因為我只是抽空問候妳，想跟妳說說話，就得出我的中年
生活這麼閒、不夠忙的結論。』

「如果你需要『抽空』問候我，那確實不用勉強。」

『我沒勉強。但妳不能因為我打給妳想說說話，就說我很閒不夠忙。
就像我也不能因為妳現在回我，就說妳很閒不夠忙一樣。』

「謝謝你提醒我，我確實很忙，所以現在不能回你。晚安了。」

我試著再傳給她兩句，但她完全沒已讀。

也許她丟完最後那句後可能順手關機，或直接把手機放得遠遠的。

我想，這大概是所謂的不歡而散吧。
這種感覺好熟悉，因為她給我的經驗太豐富了。
以前跟她說話時常這樣，她會射出一句冰冷的話終結一切。
每次她這樣，我都感覺像突然被雷打到。

原本這禮拜因為她的沒回應，我有我們已經變陌生的錯覺。
沒想到現在因為這種被雷打到的感覺太熟悉太親切了，
我又覺得我跟她就像以前一樣親近。
這是該慶幸？還是該覺得悲哀？

隔天上午我看了看手機，我昨晚傳的最後兩句她仍然沒已讀。
算了，試著專心上班不去亂想了。
而我快速攪拌杯子的手，可能要放慢速度了。
如果我的手漸漸停了，我大概也不會太訝異。

下班了，開車回家前又看了一次手機，她依舊沒已讀。
看來我手機壞了，不然就是她手機壞了，總之就是有一支手機不乖。
我得學會這種自欺欺人的想法，開車才會平安。

沒想到開到一半時，手機響了，她打來的。
「你知道中華東路跟東門路口的那棟白色建築嗎？」她說。
『其實這城市多數的建築都是白色的。』
「你只要告訴我，你知道不知道？」
『知道吧。』

「你在開車？」

『嗯。』

「待會沒事吧？」

『沒事。』

「你開車到那裡，需要多久時間？」

『從我現在的位置到那裡，大約 25 分鐘。』

「那我們半小時後在那裡碰頭。可以嗎？」

『好。』

掛上手機。我知道我最多只要花 20 分鐘就可以到那裡。

包括停車和走路的時間，到那棟白色建築時，不會超過 25 分鐘。

而她，最少要花 40 分鐘才會到，如果她順利的話。

我順利抵達，剛好花了 20 分鐘，而且車停在那棟白色建築旁邊。

我緩緩下車，下車後站在車旁看看行人和街景，再看看天空。

不想站在白色建築前等太久，寧可做點無聊的事打發時間。

時間差不多了，我用 80 歲老人的速度走到白色建築物前。

其實也只不過是 40 公尺的距離而已。

但才走到一半，我竟然看到她正站在建築物門前，

我瞬間返老還童變成 15 歲青少年飛奔過去。

『對不起。』我跑到她面前，驚魂未定。

她不可能比約定時間早到啊，到底怎麼回事？

我下意識看了看錶，難道我手錶快沒電，時間變慢了？

「你沒遲到。」她也看了看錶，「你比約定的時間還早了兩分鐘。」

『那還好。』我鬆了一口氣，但隨即想起她不可能早到，

『可是妳怎麼可能比我早到？』

「我不僅比你早。」她說，「而且我已經等了 20 幾分鐘。」

『啊？』我又嚇了一大跳，『妳用飛的嗎？』

「打電話給你時，我已經在這附近了。」

『那妳怎麼不說？』

「你在開車，我如果說我在附近了，你會飆車過來。我會擔心。」

『可是讓妳等這麼久，真的是很抱歉。』

「你又沒遲到。而且，我也想等你。」

『等我？』我很驚訝。

記憶中，她最討厭等我。

以前有次我只比約定的時間晚了一分鐘，她就非常生氣。

「遲到一分鐘就是遲到，難道殺人時只砍一刀就不算殺人？」

她那時這樣說，語氣有些嚴厲。

從此我就從沒遲到，一次也沒，總是提早到。

而她也不再有等待我的經驗。

『妳不是最討厭等我？為什麼突然想要等我？』

「我不是討厭『等你』，而是討厭我們在一起的時間被剝奪。」

『什麼意思？』

「時間是我們兩人的，不是只有你的。我們在一起的每分每秒都非常
　珍貴，我是討厭你剝奪了那些珍貴的時間。」

『我一直認為妳討厭等我，原來妳只是討厭我剝奪在一起的時間。』

我笑了笑，『那妳總是遲到，妳就可以剝奪我們在一起的時間嗎？』

「講剝奪很難聽。」

『剝奪是妳先說的啊。』

「因為你就是剝奪，而我不是。」

『明明就一樣，為什麼我是妳不是？』

「因為我很想早點看到你。」

『那妳更不該遲到啊。』

「講遲到很難聽。」

『不然怎麼說？總在約定的時間之後出現嗎？』

「如果我們約 10 點，那就表示我心裡想 10 點看到你，可是實際的我
　　最快也要 10 點 10 分才能看到你。」

『這是什麼意思？』

「心裡的我完全不受限，只想早點看到你，時間會變快；實際的我，
　　會被環境現實等等所阻攔，時間就變慢了。心裡的我，只知道直線
　　飛奔；而實際的我，會被紅綠燈擋下。」

『所以妳從來沒有遲到的念頭？』

「完全沒有。」她搖搖頭，「總歸一句。心裡的我會比實際的我，
　　更想早點看到你。」

『妳真的很會說話。』

「如果你認為我只是會說話，那我不說了。」

『我是稱讚妳而已。』

「這不是稱讚，而是你的誤解。」

『我誤解什麼？』

「我說的是事實，跟我會不會說話無關。」

『好，我誤解了。你只是說出事實而已，不是很會說話。』

「知道就好。」

『但妳還沒告訴我，為什麼突然想要等我？』

「想體驗一下等待你出現的感覺。」

『這有什麼好體驗的？』

「我知道你總是提早到，所以在等待的時間裡，不知道你什麼時候會
　出現，只知道你隨時會出現。一旦你出現了，就是驚喜。這種等待
　的感覺很好。」

我很後悔剛剛用慢動作下車，下車後還停下來看行人、街景和天空。

原以為只是打發我無聊等待的時間，沒想到她早就在等我了。

她說的沒錯，我們在一起的每分每秒都非常珍貴，

我不該剝奪這些珍貴的時間。

『對不起。』我說。

「你是要我聽你莫名其妙說對不起？還是要滿足你的好奇心繼續回答
　你的問題？還是要我做正事？」

『妳要做正事？』我很納悶。

「我來這裡是因為跟人有約，而且已經遲到了。」

『那妳怎麼不趕快進去？』

「因為你一直問，我只好一直回答你。」

『我不問了。妳趕快進去吧。』

「所以你是要我一個人進去？」
說完她便轉身。

我趕緊也轉身，跟著她走進白色建築內，直接到電梯口。
「我最討厭我遲到了。」她說。
如果是以前，我聽到這句一定會放聲大笑，因為她總是遲到。
現在卻覺得原來她以前並沒有抱著她遲到沒關係的心態，
甚至她很討厭自己遲到，但為了陪我說些不重要的話，
她寧可讓自己遲到。

重逢後因為她的洩漏，她以前某些令我不解的言行，終於得到解答。
現在又發現竟然還有一些是我自以為了解，而且是根深蒂固的認知，
但真相根本不是那麼一回事，甚至完全逆轉。
她在我心裡的影像越來越清晰，而且因為清晰又讓我看到更多的美。
我不禁在想，以前的我錯過了多少？
而現在的我，為什麼可以得到太多？

電梯直達三樓，走出電梯跟著她左彎右拐，不知道她要去哪裡？
也不知道她要做什麼？
這點跟以前一樣，常常只是約好時間碰面，但她沒說要幹嘛？
要等到碰面了她才說她想做什麼，有時甚至是做完了才知道。
比方可能只是陪她買本書，或陪她去便利商店買瓶飲料而已。
當她買完飲料後說要走了，我才知道這次碰面只是陪她買飲料。

她在一家看起來是某種設計工作室前停下來，我陪她走進去。
她一碰見約定的人便一直說對不起，看起來很內疚而不是客套。

我也因她的內疚而更內疚，畢竟她遲到是因為我。
但我突然想到，她從沒跟我說過對不起，不管在什麼情況下。
像對不起、抱歉、sorry、不好意思之類的話，她從未對我說過。

以前我對這點不太理解，總覺得有太多地方可以簡單說聲抱歉。
我不知道她是怎麼想的，起碼在我的記憶中，總是我在說抱歉。
後來我習慣了，便把她不會對我說對不起當作她的特質。

她今晚是來請設計師設計一些東西，應該是公事上的需求。
我看她跟對方的交談應對很流暢，完全沒有語言表達障礙，
也沒有表情表達障礙。
該開玩笑的，該認真要求的，該客氣感謝的，她都拿捏自如。
她這點很像某些電影演員，當鏡頭對著他們時，總是侃侃而談；
一旦鏡頭關機，他們就回到自己原來的樣子，沉默寡言。
我以前就覺得她面對我時，是根本沒鏡頭的狀態。

我和她在那裡待了快一個小時才離開。
「你吃過晚餐了嗎？」她問。
『還沒。』
「那你趕快去吃。」
『妳呢？』
「我吃過了。」

『我以為妳問我吃過沒，是想跟我一起吃飯。』我很驚訝。
「我只是關心而已。」
『那妳當我吃過了吧。』

「神經病。趕快去吃。」她說,「下次再一起吃飯。」

我只好陪她走到她的停車位置,還有一小段距離。

『妳今天為什麼突然找我過來?』

「如果你不喜歡這種突然,以後可以都不要。」

『我只是好奇問問而已。』

「最好是。你心裡明明知道我只是想見你而已。」

『我的表情又洩漏了?』

「嗯。」

看到她的白色車子了。

『我還是要跟妳說對不起,關於昨晚的 Line。』

「你不用說對不起。因為你又沒說錯。」

『如果我沒說錯,妳幹嘛生氣?妳有生氣沒錯吧。』

「你可以說得很有道理,但不代表我不能生氣。」

『妳真的很會說話。』

她沒回話,走到車旁拿出鑰匙打開車門,鑽進車子。

「我看到你的 Line,就打電話給你了。」

『那是昨晚傳的,快過一天了。』

「我這禮拜很忙,幾乎都不看手機了。」

『妳忙成這樣?』

「我只是想專心忙完,不想分心。但即使我真的很忙,我也沒不理你
　的意思,我甚至都還會想到你。」

『聽過一段話嗎?』我說,『孤單的時候想念一個人,不一定是愛;

忙碌的時候也會想念某人，這才是真正的愛。』
「你腦子真的很閒，竟然記住這麼無聊的話。」
她語氣冰冷。然後插入車鑰匙，發動車子。

『妳講話的溫度，還是習慣這麼低？』
「不是習慣。」她說，「只是語言表達障礙。」
『又是語言表達障礙？』
「心裡的感受越洶湧，說出來的話語越淡然。於是被你以為很冷漠，
　但其實只是語言表達障礙而已。」

『可是看妳對別人不會啊。』
「只有對你才會有。」她說，「認識你時，只是輕度語言表達障礙，
　現在是重度了。」
我們沉默了幾秒，車子的引擎聲更明顯了。

「反正我只是不想忙碌的時候跟你說話。」她打破沉默。
『為什麼？』
「因為會覺得失落。」
『失落？』
「忙的時候就不能跟你講太久，那就會覺得失落。」
『講一下下還好。』

「如果只講一下下，掛斷的話就會很失落，那不如不講。而且我也怕
　我不想掛斷，那會耽誤正事。」她繫上安全帶。
『喔。』
「還有，我忙碌的時候心情會很不穩定。」
『妳不忙的時候心情也是不穩定。』

「你老是這麼白目，我的心情怎麼穩定？」

『妳說得對。』我竟然笑了。

「我也不想忙碌而心情不好時，把你當出氣筒。」她說。

『那沒關係。』

「我知道你一定沒關係，但我不想。」

『為什麼不想？』

「不想就是不想。任何可能會讓你心情不好的事，我都不想做。」

『只要我可以看到妳，心情就不會不好。』

「其實我很想見你。」過了一會，她說：「即使很忙時。」

『那為什麼不想見就見呢？』

「我怕見你。」

『為什麼？』

「只要見你，就會勾起太多記憶。」她說，「那些記憶，一旦碰觸，
　就是氾濫不可收拾。」

『看來重逢那晚，妳很有勇氣。』

「突然重逢，我毫無心理準備，所以隱藏不及、忘了壓抑。」她說，
「那可能是我這輩子最有勇氣的時刻了。」

『現在呢？』

「變回膽小。」她說，「因為那晚，我的勇氣幾乎用光了。」

『喔。』

「剩下的勇氣，用來今天見你。」

她放下手煞車，打了方向燈，開車走了。

『你聽過一部日劇描述聾啞畫家愛上一個女生的故事？』

「我知道。」

『那部日劇的名字？』

「跟我說愛我。」

『好。』我清了清喉嚨，『愛你。』

✈ ✈ ✈

認識她的當天晚上，我做了一個夢。
夢裡我在一大片水中游泳，也許是湖也許是海，我無法辨別。
四周一團漆黑，而我只是游，卻怎麼也游不到岸邊。
然後我醒了。
清醒一分鐘後，我莫名其妙想起她的眼睛。

好像是沒什麼邏輯性的夢。
不過我很清楚夢裡的感覺，沒有驚慌與恐懼，只有放鬆與平和。
我甚至覺得如果夢境持續下去，最後我溺水了，我可能也會微笑。

一個禮拜後，我在 MSN 收到她傳來的訊息：
「明天下午四點，在我家巷口碰面。可以嗎？」
『好。』
我立刻回。既沒訝異，也沒猶豫。

雖然腦子裡曾閃過一個問號：她怎麼會知道我的 MSN 帳號？
但不到兩秒就有解答。
就像英文字母的排序，D 一定經過 C 與 B，才會碰到 A。

隔天下午我提早三分鐘到達，站在巷口面朝著她家樓下，等她出現。
手錶看了四五次，抬頭看那棟公寓六七次，左右來回走了八九趟，
等了十分鐘。
「我在你後面。」
我聞聲轉身，看到她。

『妳不是從妳家下來？』我很疑惑。

「我有說要從我家下來嗎？」

『妳是沒說。可是約在妳家巷口，妳應該會從家裡出來才對。』

「如果約在校門口，一定要從學校內出來？不能從外面到校門口？」

『這樣講有道理。』

「如果約在車站前，一定要從車站內出來？不能從外面到車站前？」

『嗯。也對。』

「如果約在餐廳門口，一定要從餐廳裡出來？不能從外面到餐廳？」

『妳還沒說完？』

「說完了。」她說。

然後她轉身就走。

我看著她一直往前走，沒停下腳步，也沒回頭。

她的背影離我 10 公尺……20 公尺……30 公尺……

我拔腿往前追，跑到她左後方一步時減緩速度變為走。

她依舊沒停下腳步，也沒轉頭看我，只是向前走。

她走路速度算快，而且抬頭挺胸。

我調整我的速度，始終保持在她左後方一步的位置。

走了五分鐘，她完全沒開口，也沒減緩速度。

我越來越納悶，但只能跟著走，維持跟她一樣的速度。

苗頭不對，已經十分鐘了。

『請問……』我終於開口，『妳要去哪裡？』

「去我想去的地方。」

她終於開口，速度也稍微減緩，我便趕上她，與她並肩。
我跟她並肩走著，沒有交談，又走了五分鐘。

『妳想去的地方是哪裡？』我忍不住問。
「你問題好多。」
『好多？我才問一個問題而已啊。』
「最好是。」她的臉略往左轉，「妳不是從妳家下來？妳還沒說完？
　妳要去哪裡？妳想的地方是哪裡？你總共用了四個問號。」

『其實是五個問號才對。還要加上一個：好多？』我說。
「你知道就好。」
『我其實什麼都不知道，包括為什麼妳要用走的？』
「我想用走的，不可以嗎？」
『可以。』

在她左後方一步時，我的視線只能掃到她部分臉頰；
跟她並肩走時，偶爾瞄一下，可以看到她左臉側面。
當她終於開口說話時，雖然腳步沒停，但她的臉會略往左轉，
算是回應在她左邊的我。
於是我可以看到她的四分之三側面。

額頭、眼睛、鼻子、嘴唇、下巴與臉頰的線條，直線俐落弧線優雅。
這些線條所勾勒出的四分之三側面，有一種說不出的美。
那種美很豐富，也很立體，像一片翠綠的山丘上有湖有樹有花有草，
淡藍的天空中飄著幾朵白雲，秋天午後的陽光灑滿整片山丘。
她的側面充滿未知；正面雖美，但視線容易集中在她的眼睛。

而她的四分之三側面，是她最美麗的樣子。

『妳有沒有想過，為什麼不騎機車呢？』我又問。

「你的問題，問得太晚。」

『太晚？』

「嗯。因為已經到了。」

她終於停下腳步。

我也停下腳步，看了看四周，星巴克到了。

她點抹茶、我點咖啡，我們在星巴克二樓窗邊面對面坐著。

『我很訝異妳會在 MSN 留訊息給我。』我說。

「初識的朋友，我最快也要半年才可能主動聯絡。」

『那我又破妳紀錄了。』

她不想回話，直接轉頭朝向窗外。

『我生性比較白目，妳不要介意。』我說。

「你確實白目。」她把頭轉回，「但我很容易因為你白目而生氣。」

『為什麼？』

「我不知道。」她聳聳肩，「平時我不是這樣。」

『那妳平時是怎樣？』

「溫柔、文靜、體貼、大方、善解人意、笑容可掬。」

『妳有參加高階幽默感訓練班？』我說。

她馬上將頭轉向窗外，但隨即又轉回。說：

「我說真的，不是開玩笑。」

『看來我得改掉白目，這樣妳才不會常常生氣。』
「你很難改了。那就是你的樣子。」
『那妳的樣子呢？』
「溫柔、文靜、體貼、大方、善解人意、笑容可掬。」

我忍住回話的衝動，卻忍不住笑。
但我一開口笑便覺得後悔，沒想到她看見我笑也跟著笑。
而且是很自然、很燦爛的笑容。

從沒看過像她那樣的笑容，勉強形容的話，我會用乾淨。
乾淨有點像無邪，但又不盡然，她的笑容很乾淨，清清爽爽。
會讓人聯想到白雪公主。
而且她笑容最美的部分，是種抽象意義上的美，
也就是說，看到她的笑容會讓人心情變好、整個人放鬆。

『妳很適合笑，為什麼妳不常笑？』
「我常笑呀。」
『但我是第一次看到妳這麼燦爛的笑容。』
「初識的朋友，我通常幾分鐘內就對他們這樣笑了。」
『可是我要一個禮拜耶。』
「所以你又破紀錄了。不過卻是很遜的紀錄。」

『妳之前說：初識的朋友，最快也要兩三個月才可能笑一下？』
「那是笑一下，跟燦爛的笑容不一樣。」
『笑還有分？』我很納悶。
「對初識的朋友，燦爛的笑可能代表禮貌、善意、隨和。而笑一下，

代表心防打開。』

『妳對我的心防，會不會太早打開了？』
「你的白目，會不會太嚴重了？」
『抱歉。』我笑了笑，『真的要改。』
「你改不掉了。」她說，「你還是專心喝咖啡吧。」

窗外是酷暑，午後四點多的陽光灑了幾點在桌上。
這裡是初秋，冷氣趕走了燥熱，帶來了清涼。
我和她面對面坐著，偶爾交談，但沒有一定得交談的壓力。
偶爾都看著窗外，不是為了逃避交談，而是享受寧靜。

錯覺往往發生在人最不經意的瞬間。
就像現在，我覺得我們是相戀已久的戀人在午後的咖啡館喝咖啡。
當意識到我和她是初識，就得集中注意力弄醒自己甩開這種錯覺。
可是一旦集中注意力，精神反而會變得恍惚。
又回到我和她已經相戀許久的錯覺。

『請問妳今天找我出來，有什麼事嗎？』我問。
「你的問題，總是問得太晚。」
『又是太晚？』
「因為已經結束了。」
『結束了？』
「嗯。」她點點頭，站起身，「走吧。」

我們離開星巴克，再沿著來時的路走回去，要走 20 分鐘。

我和她並肩走著，我在她左手邊。

為了欣賞她的四分之三側面，我很努力找話題說話。

我甚至連白貓掉下水，黑貓救白貓上來，白貓對黑貓說了什麼？

這種冷笑話也講。

「白貓說了什麼？」她問。

『喵。』

她愣了一下，然後閃過一抹笑，笑容真的很像閃一下就停的閃電。

『請問剛剛那是笑嗎？』我問。

「不。是臉抽筋。」

她笑了起來，是那種燦爛的笑容，

會讓人心情變好、整個人放鬆的笑容。

走去星巴克的 20 分鐘，時間很漫長；

從星巴克走回來，20 分鐘咻一下就過。

時間很敏感，在愉快的氣氛中，總是跑得飛快。

一晃眼，已回到她家樓下。

『所以妳今天找我出來，只是請我喝咖啡？』我問。

「嗯。謝謝你那天的幫忙。」

『一杯咖啡就打發了？』

「我還免費奉送好幾次燦爛的笑容耶。」

『嗯。』我點點頭，『那確實很夠了。』

她笑了一下，轉身拿出鑰匙打開鐵門。

然後再回頭給我一個燦爛的笑容。

「小心騎車。」她說。

那一刻，好像有某種花朵的種子從石頭縫隙裡蹦出，
向著天空發芽。

4.

經過幾次打她手機只為了想說說話，而她過了一段時間才回撥，
或回撥時我已不方便跟她說話，
我開始感受到不一樣了。

中年的生活和學生時代明顯不同，起碼比較容易認清現實。
重逢的衝擊曾讓我短暫跳離現實世界，進入一個只有我和她的世界。
那世界並不是具體存在，只能靠我和她的內心共同架構。
情感越深，那世界的存在感越強。
在那世界中沒有選擇、注定、遷就、遺憾、不得不；
也不用考慮別人，因為根本沒有別人，只有我和她。

我很想活在那個只有我和她的世界中，很想。
但時間的歷練已經增加了心的重量，讓我的心很沉，
沉到無法脫離現實世界而跳入那個世界中。
就像地心引力把我牢牢吸在地表，除非藉由火箭推力，
拉著我衝出地球的引力範圍，這樣我才能在太空中漂浮。
但即使有巨大力量拉我衝出，總是只讓我在太空漂浮一下子，
很快我又會急速墜落地表。

在現實世界中，我和她只是為工作忙碌的中年男女，
除了工作外，還有分別圍繞在我們周圍的人事物，
構成了所謂的我的生活，和她的生活，兩個生活似乎沒交集。

唯一的交集，好像就是那件「公事」。
但如果我們將來只能靠這唯一的交集而繼續，
或是我們會繼續的原因只是因為這唯一交集，
那麼那個只有我和她的世界就消失了。
我們只能在地表上偶爾擦身、點頭微笑而已。

我突然覺得她像是我靈界的朋友，輕飄飄的，四處漂移，很難觸碰。
現實世界中，我們沒有一位共同的朋友。一個也沒有。
我的國中同學陳佑祥和她的國小同學李玉梅，只是我們認識的橋樑，
但從來就不是我們共同的朋友。
而且我已跟陳佑祥失聯好多年了。

我很希望像十幾年前那樣，打電話聊天、在網路上傳訊息、碰面，
都是理所當然再自然不過的事。
但現在打她手機或 Line 她只為了說說話，好像得找理由或藉口。
以前她給了三組數字，最討厭的就是不知道她在哪個數字？
甚至她身旁根本沒數字。於是我只能嘗試所有數字。
現在她的數字只有一組，且隨時在身旁。
時代已經把我和她之間的管道，鋪得平坦快速順暢且沒有任何岔路，
為什麼我竟然失去上路的勇氣？

明明距離很近，明明只要拿手機按鍵，明明只要 Line 一句，明明……
明明只是一個簡單的動作，現在為什麼變得如此艱難？

還好她偶爾會 Line 給我笑話或有趣的圖文，一看就知道是轉傳的。
我也只是回傳「哈哈」的貼圖。

如果她轉傳的是文章，我就回「點頭」的貼圖；
如果她轉傳的是影片，我就回「讚」的貼圖；
雖然不算交談，起碼不至於音訊全無。
但我們會不會以後就不用文字和語言溝通，只用貼圖溝通？

直到有次她傳來一個笑話：
狗走進 7-11 被趕出來，但羊走進去卻沒事。為什麼？
答案是 7-11 不打烊（羊）。
這笑話實在太老梗，起碼十幾年了，搞不好我以前曾說給她聽。
我忍不住回她：
『妳要改變交友型態了。傳到妳那裡的笑話都過了十幾年。』

「我的朋友少，不像你交遊廣闊。」她回。
『我不算交遊廣闊，但我朋友有廉恥心，不會轉傳老梗的笑話。』
「最好是。你傳幾個笑話給我看。」
我滑了滑手機，立刻轉傳幾個笑話給她。
每一個笑話都讓她很開心，而且她都沒聽過。

『妳讓我想起一位朋友。』我回。
「誰？」
『他每次去醫院探病，都會一直笑。』
「為什麼？」
『因為他，笑點滴（低）。』

「我本來就笑點低。」她回。
『妳是根本沒笑點吧，妳幾乎都不笑。』

「你記錯人了。」

『不然我問妳：重逢到現在，妳對我笑過嗎？』

「那是對你。平常我很容易笑。」

然後她傳了幾個哈哈大笑的貼圖。

『貼圖不算。』我回。

「貼圖代表我的心。」

『月亮才是代表我的心。』

「不管。我今天很需要笑。」

『為什麼？』我回。

「我應該早點跟你說，今天心情很糟。」

『怎麼了？』

「反正你剛剛那些笑話讓我心情很好了。成也蕭何，敗也蕭何。」

『所以妳心情很糟也是因為我？』

「廢話。」

『我怎麼了嗎？』我回。

「反正過去了。我現在心情很好。」

『是不是想起以前？』

「算是吧。我不想說了。」

『好吧。』

「該睡了。晚安。」

跟她分離的那段時間，我變得不喜歡回憶。

因為如果我想起以前，最後總會陷入：

我和她到底怎麼了？是發生了很多事？還是什麼事都沒發生？

這些問號所組成的迷宮中。

心情不僅低到谷底，而且找不到出口。

或許她也像我一樣吧。

知道她喜歡看我轉傳的笑話，我便常轉傳笑話或有趣的圖文給她。

她總是會積極回應我，而且她笑點真的很低。

然後我們會聊一下，像以前那樣天南地北亂扯。

常常都是聊到她說晚安為止，那時大約已是凌晨一點。

雖然在 Line 裡面看不到語氣，但我總是能精準地讀到她的語氣。

也彷彿可以看到她打下那些文字時的表情。

很多人用文字表達和用語言交談，會有一點差異；

但對我而言，她打下的文字跟說出的話語，是一模一樣。

這種在 Line 裡閒聊的感覺太熟悉了，彷彿回到從前。

我甚至有我才 20 幾歲、她也是 20 幾歲的錯覺。

完全忘了我們早已是上班族，不再是學生。

如果這種錯覺再持續下去，也許隔天醒來我會忘了要上班。

有次實在是聊太晚，都半夜兩點多了。

『妳還要上班，以後早點睡，不要聊太晚。』

「開始工作後，我總是 11 點之前上床睡覺。」

『可是這陣子我們通常聊到 1 點啊。』

「你知道就好。」

『知道什麼？』

「我是在陪你。」

『啊？我還以為妳 1 點才睡。』

「那是你的睡覺時間。」

『妳怎麼知道？』

「我認識你多久了？」

這是個好問題。

初識時相處一年兩個月，分離了十四年五個月，重逢至今快一個月。

『快十六年了吧。』我回。

「不。我認識你一輩子了。」她回。

我不知道該怎麼回？

生命總是用長度來衡量，但有些人可能用深度來衡量。

也許在她的感覺，她認識我很久很久，像一輩子那麼長；

或是她覺得認識我很深，那種深度像一輩子那麼長。

其實我也覺得，我認識她一輩子了。

『我確實是凌晨 1 點才睡。』我回。

「你已經沒有當夜貓子的本錢，以後早點睡吧。」

『妳也是。』

「因為你，我才晚睡。只是因為你。」

我很感動。

現在的我們，可能已學會隱藏情感，或是對壓抑情感更得心應手；

然而一旦隱藏不住或壓抑不了，宣洩而出的情感便會澎湃。

如果我們過去的情感像一片草原，綠意盎然、生機勃勃。

經過十幾年完全沒有雨水的滋潤後，原以為只剩下沙漠或是乾土。

沒想到還能看到一些未枯乾的草。

這是奇蹟？還是那些草的生命力太強？

『抱歉。也謝謝妳。』我回。

「睡眠不足上班會精神不好，我很討厭這樣。」

『其實上班時不要精神太好。』

「為什麼？」

『如果上班時精神太好，就容易亂想：我幹嘛做這份鳥工作？但如果
　精神不太好時，應付工作很吃力，就不會亂想了。』

「我沒你這境界。我快睡著了，晚安。」

我不再在很深的夜裡 Line 她，怕影響她睡眠。

Line 她的時間很隨性，但總是得找個笑話或有趣的圖文。

但今晚一時之間找不到滿意的笑話，也找不到有梗的影片，

猶豫了一陣後，我傳給她一句：『今天好嗎？』

或許對一般人而言，問今天好嗎是再自然不過的基本款，

但對我而言，簡單問候她一句：今天好嗎？

竟然需要經過一番掙扎。

「你最近有胖嗎？我胖很多。」她回。

『妳胖了？』

「嗯。下次約出來走路。」

『現在就可以。』

「但我要去影印店。」

『我陪妳走去吧。15 分鐘後妳家樓下碰面？』

「好。」

我依照慣例提早五分鐘到達，但我只等了三分鐘。

換言之，她提早兩分鐘下樓。

「你等了多久？」她問。

『三分鐘。』

「那我以後會再早一點。」

『沒關係。準時就好。』

「嗯。我們已經沒有遲到的本錢了。」她說。

我們並肩走著，剛入夜不久的街道還很熱鬧。

我算了算，上次見到她已是一個月前。

雖然對曾經十四年五個月沒見的我們而言，一個月不見只是零頭；

但我現在覺得，這一個月好漫長。

重逢後，每當陪她走一小段路時，我都是在她左後方一步的位置。

但現在我們正並肩走著，到影印店大約要走十分鐘。

『去影印店是要印東西嗎？』我問。

「不然呢？」她沒停下腳步，臉略往左轉，「是要去喝咖啡嗎？」

我突然喉頭哽住，說不出話來。

因為我看到了十幾年沒見的，我認為是完美的，她的四分之三側面。

這四分之三側面，可以看見她立體而且具有很深的美的眼睛。

也可以看見明顯甚至像刀刻般的嘴唇線條、微微向上翹起的上唇。

至於臉龐其他線條，也都是優雅的弧線和俐落的直線。

這些年來如果夢到她，夢裡通常可以看到她的四分之三側面。
然而再美的風景都會忘記，再難忘的人都會模糊。
我擔心總有一天會淡忘、會模糊，甚至可能已經淡忘模糊了。
但現在望著她，我知道她最美麗的影像早已牢牢烙印在心裡，
非常清晰，不曾模糊。
恍惚間，我回到過去，像以前一樣跟她並肩走著。

我突然有種錯覺，過去那片草原又回來了。
雖然已十幾年完全沒雨水的滋潤，但現在只要微雨灑落，
彷彿可以看到那一片翠綠，聞到青草的芳香。

「怎麼了？」她問。
『沒事。』
「明明就有事。」
『喔，只是原以為已經失去的珍貴東西，現在發現還在。』
「是什麼東西？」

我沒回話，只是凝望著她，靜靜欣賞她的四分之三側面。
她察覺我正注視著她，也不追問，嘴角拉出一抹微笑。
雖然只是一抹，卻是重逢至今，我第一次看到她的笑容。
已經十幾年了，她這種笑容還是像閃電一樣，閃一下就停。
而閃電瞬間發出的光芒，還是足以照亮整片夜空。

「是不是覺得我變胖了？」她問。

『妳根本沒胖。』

「你眼睛有問題。我明明胖了。」

『有嗎？』我打量她全身，『沒有啊。』

「這表示一個月不夠久。」

『什麼意思？』

「如果我們更久才見一次面，你一定馬上看出我胖了。」

『為什麼？』

「太常見面可能感覺不出差異，久久見一次才會察覺變化。」

『妳意思是為了要看出妳變胖，我們得更久才見一次？』

「嗯。因為你感覺不出差異。」

『察覺變化有那麼重要？』我問。

「起碼可以知道你有注意我。」

『可是妳根本沒變胖啊。』

「那表示你沒有關心。」

『妳怎麼這麼不講理。』

「覺得我不講理，就不要跟我說話。」

她稍微加快腳步，我們不再並肩。

還沒走到影印店啊，起碼讓我撐到影印店吧。

回到她左後方一步的位置，再走一分鐘就到店門口。

但這一分鐘卻是寂靜而漫長。

「我自己進去。」她說。

『我在外面把風。』

她面無表情走進店裡，我在外面等。

才十分鐘的路程，卻無法讓溫馨的氛圍有始有終，
竟然在最後一分鐘出現刀光劍影。
也許我和她之間所走的路，本來就不平順，總是坎坷吧。

「走吧。」五分鐘後她走出店外。
『嗯。』
我們默默走著，我維持在她左後方一步的距離。
還想看她的四分之三側面，而且這次起碼要撐到她家樓下。
鼓起勇氣，邁開大步與她並肩。

『我終於知道妳會變胖的原因了。』我說。
「什麼原因？」
『因為食言而肥。』
「我食言？」
『妳說過下次一起吃飯，結果卻沒有。』
「我又沒說下次是指多久。」

『不然多久？』
「三個月吧。」
『啊？』我幾乎大叫，『三個月？』
「嗯。我們最多只能三個月吃一次飯。」
『一年才吃四次，吃完剩下的 98 家麵店要 25 年耶！』
「如果我們還有 25 年，反而是好事。」

『那見面呢？』我問。
「最多一個月碰面一次。」

『那麼久？』

「現在我要更小心不要跨越心中的紅色界線。」

『見面會越線？』

「如果太常見面，一定會。」

我心頭一震，沒有回話。

「我一定胖了，因為一直吃宵夜。我以前沒吃宵夜的習慣。」

『為什麼開始吃宵夜？』我很納悶。

「因為陪你而太晚睡。肚子會餓。」

『我已經不敢再讓妳晚睡，所以這幾天妳應該沒吃宵夜了吧。』

「還是有吃。」

『為什麼？』

「怕你深夜突然想說話卻找不到人可說。」

『妳……』我有點激動，說不出話。

「沒想到十幾年的習慣，卻被你輕易打破。」

『妳還是回到 11 點之前上床睡覺的習慣吧。』

「再說了。」她聳聳肩。

『那妳是感覺自己胖了？還是稱重後發現胖了？』我問。

「幹嘛稱，一定變重。」

『所以妳根本沒稱？』

「沒。多吃東西一定變胖，不用稱就知道。」

『啊？』

「我說的不對嗎？」

『妳那麼美，說什麼都對。』

她突然笑了起來，很燦爛的笑容。
就是那種我已經十幾年沒看過的很乾淨的笑容，
會讓人心情變好、整個人放鬆的笑容。
回來的這段路，剛好走了十分鐘，十分完美。

「小心騎車。」她說。
『我沒機車了，這幾年都是開車。』
「我知道。但我習慣這麼說。」
『這是妳十幾年前才有的習慣吧。』
「嗯。但這習慣不會變。」她說，「而且我很喜歡對你說：小心騎車
　的感覺。」

『為什麼喜歡？』
「不知道。」她又聳聳肩，「感覺說了這句，你就會很平安。」
我笑了笑，說了聲 bye-bye。
「小心騎車。」她說。

記憶中的那片草原，在這陣春雨過後，
所有的翠綠茂盛與芳香，似乎都被喚醒了。

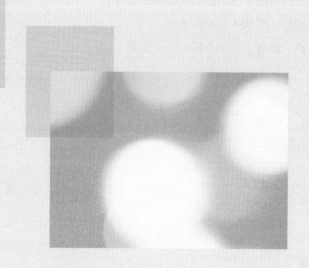

「愛是可以量化的嗎?」她問。

『應該可以吧。』

「如果愛可以量化,真想知道你到底多愛我。」

『以高度來說,是喜馬拉雅山。

以深度來說,是馬里亞納海溝。

以長度來說,是尼羅河。以面積來說,是太平洋。

以空間來說,只有小小的,我的整顆心。』

✈ ✈ ✈ ✈

向著天空發芽的種子，經過雨水的滋潤，開始茁壯。
於是我們偶爾會在 MSN 上互通訊息。
如果雙方都上線，就直接線上聊天。

有些人在網路上健談，現實生活中話很少；有些人則反之。
而她，無論在網路上或在現實生活中，應該是一樣。
而且雖然在網路上看不到表情、聽不到語氣，
但跟她對話的感覺，也和面對面交談時無異。

雖然認識不久，見面交談的時間也不長，
但我們在網路上交談時，卻像熟識而且經常聊天的朋友。
彷彿總有說不完的話題，彷彿很想分享生活中大小事。
我們似乎不在乎外界擾動，以為時間已經靜止。
所以常常一聊就是好幾個小時。

我們沒有國家大事要討論，也沒有人生哲理要研究，
只是單純分享心中的感受和感觸。
分享久了，有時感覺她真的很了解我，
我也莫名其妙有很了解她的感覺。

有次她覺得打字太慢了，便給了我一組數字，是她家的電話號碼。
她要我五分鐘之後打，我一秒不差在五分鐘後撥打那組數字。
電話通了，聽到喂的一聲。好像十歲小女孩的聲音，很稚嫩。
『請叫妳阿姨來接電話。』我說。

「笨蛋。我就是。」

不是沒聽過她的聲音，但經過電話線路催化，她的聲音變得稚嫩。
那種稚嫩不是撒嬌或嗲，而是一種天真和乾淨，聽起來很舒服。
我很喜歡聽她的聲音，沒有多特別的理由，就是喜歡。

如果我的心裝了一道鎖，需要正確頻率和振幅的聲音才能開啟，
那麼她的聲音剛好可以開啟這道鎖。
每當聽到她的聲音，我的心門就會打開，釋放出滿滿的喜悅。

後來我們線上聊天時，如果懶得打字便用電話取代。
但即使是用電話，也可能會講幾個小時。
掛完電話後，我總是很驚訝逝去的時間。
而且到底聊了些什麼？記得的並不多。
她讓我完全理解相對論，
在明明是 100 分鐘卻彷彿只有 10 分鐘的電話時間裡。

可能她的聲音聽多了，有時腦海裡會莫名其妙出現她的聲音。
尤其在夜色濃烈得像一杯苦澀的咖啡，環境和自己都很安靜，
彷彿所有聲音都睡著時，她的聲音在腦海裡會特別清晰。
我甚至還可以跟她的聲音對話呢。

「還不睡嗎？」腦海裡她的聲音。
『所以我現在是醒著嗎？』我自言自語。

跟她聊天並非總是一帆風順，有時會突如其來出現刀光劍影。

這時她完全不出聲，一片死寂，甚至連她的呼吸聲都聽不到。

我想她要嘛肺活量很好，要嘛很會游泳，因為太會憋氣了。

她憋氣時不會掛電話，我也不敢掛，但完全沒聲音的氛圍太怪了，

我只好一人分飾兩角，自己說話，再學她的口吻回我。

幸運的話，大概三分鐘後她會破冰而開口。

如果不幸……

我不敢多想，但目前她保持的最高紀錄是 15 分鐘。

有次又突然出現一片死寂，只好一面分飾兩角一面拚命想怎麼了？

但想破腦袋也想不出我到底說了什麼大逆不道、犯上作亂的話？

眼看就要打破紀錄了，才彷彿聽見細細的呼吸聲。

仔細一聽，真的是有規律的呼吸聲。該不會她睡著了吧？

我自言自語三分鐘後，接著唱完許茹芸的〈獨角戲〉，

最後從 1 慢慢數到 20，還是只聽見她細細而規律的呼吸聲。

我確定她睡著了，便輕輕掛掉電話。

深夜交談時總是呢喃細語，彷彿是囈語。

有時會有身在夢境的恍惚。

如果這一切真是夢境，那麼我可能醒不過來。

因為每當我掛斷電話後，還是會覺得朦朧恍惚。

『我給妳的感覺是什麼？』我曾在電話中問。

「嗯……」她想了一下，「像床一樣。」

『床？』

「床給人的感覺是放鬆和舒服，就像你給我的感覺一樣。」

『謝謝妳的讚美。』

「但不是每張床都會令人舒服。」

『啊？所以我是張不舒服的床？』我很驚訝。

「差不多是這意思。」

『妳可以送佛送到西嗎？』

「嗯？」

『如果妳要讚美，請好好讚美。不然分不出是讚美還是抱怨。』

「我有好好讚美呀。」

『像床一樣舒服，卻又是張不舒服的床。那麼是舒服還是不舒服？』

「我也不知道怎麼形容。和你一起時我總感覺放鬆、自在與舒服。但
　不知道為什麼，心裡又會覺得怕怕的，那感覺並不舒服。」

『怕？』我很納悶，『妳怕什麼？』

「不知道。反正就是怕。」

『喔。』

她描述感覺時的文字常常很抽象，並不具體。

有時我可以理解她抽象的表達，甚至還會有同感。

但像床一樣舒服卻是張不舒服的床，我不僅不理解，也覺得矛盾。

開學了，這是我和她在大學生活的最後一年。

比起暑假期間，我們比較少在線上遇到。

但只要一遇到便會聊天，懶得打字時還是會用電話取代。

於是她又給了我第二組數字，是她住宿地方的電話號碼。

她家在這座城市，照理說並不需要在外住宿。

但她一直想離家住宿，終於在大三時跟社團的學姊學妹合租一棟樓。

打這棟樓的電話號碼有個好處，就是不會有警報。

而打她家裡電話時，她怕母親發現她深夜講電話，

偶爾會突然說：有警報。

這時我會拿著話筒不出聲，直到她說：警報解除。

開學快一個月了，我們通了六次電話。

明明在同一所學校，只講電話不見面好像有點怪。

但又沒有什麼非見面不可的理由。

我其實想見她，但始終找不到理由或藉口。

『明天是禮拜二，妳下午五六節有課。』我說。

「對。」她問，「怎麼了？」

『妳下課後有事嗎？』

「沒事。」

『妳會不會覺得下課後沒事，很空虛？』

「神經病。」她笑了。

「告訴我你現在的表情。」笑聲停止後，她說。

『表情？』我摸了摸臉，『我不會形容，大概像苦瓜吧。』

「我想看你的表情。」

『怎麼看？』

「明天第六節下課後五分鐘，在 M 棟側門水池邊碰面？」她說。

『好。』

「告訴我你現在的表情。」她說。

『像甜瓜了。』

我說完後，我們同時笑了起來。

她上課的教室在 M 棟，那應該是她的地盤。

但我從來只是經過，沒進去過，印象中沒看過水池。

隔天我特地提早幾分鐘去找水池，但 M 棟轉了一圈卻沒找到。

M 棟側門旁有男廁所，難道側門水池邊是指男廁所？

因為男生廁所裡的小便斗如果不通，就會形成黃色的水池。

但她應該不會有這種幽默感，而且怎麼可能約在男生廁所？

我再繞 M 棟轉一圈，還是沒發現水池。

打算找個人問時，突然在不遠處看見她的身影。

我往她的方向走，穿過樹林，在離側門 50 公尺處看見水池。

這水池只有教室的一半大，又被幾棵大樹和灌木叢環繞，

如果不走近，根本無法發現。

她坐在水池邊的圓石椅上，視線朝著水池，背對著我。

雖然理應是下午時分熱鬧的校園，但這裡異常安靜。

我緩步向前，在離她五步遠時，停下腳步。

因為我突然不知道是要開口打招呼？

還是直接坐在她身旁另一張圓石椅？

以見面來說，我們沒見過幾次面，而且距離上次見面已經一個半月，

所以算不太熟，應該先微笑走過去跟她打聲招呼說好久不見。

但以電話或網路上交談而言，我們已經累積了數十個小時的經驗值，

而且昨晚才講了一個小時的電話，應該算很熟了，
可以直接坐在她身旁的石椅開玩笑說：今天怎麼有空約我出來。

我跟她，算熟？還是不太熟？
在猶豫該以哪種角度看待我和她的關係，
然後決定要微笑打招呼或是直接坐石椅時，
她回過頭看著我。

「你遲到了。」她說。
還沒決定該怎麼做，她卻先開口說這句，我不禁愣了一下。
「你遲到一分鐘了。」她又說。
『一分鐘？』
剛剛在她背後猶豫的時間恐怕超過一分鐘，所以我應該沒遲到吧。

「你一定認為，遲到一分鐘沒什麼了不起。」
『我什麼都沒說啊。』我說。
「遲到一分鐘就是遲到，難道殺人時只砍一刀就不算殺人？」
『算殺人沒錯。』
「那你竟然還遲到？」
『我……』

「你有想過珍惜嗎？」她問。
『珍惜什麼？』
「所以你根本不珍惜。」
『喂，這結論下得莫名其妙。』
「你如果不珍惜，我們可以都不要見面。」

『妳怎麼這麼不講理。』

「覺得我不講理，就不要跟我說話。」

她把頭轉回，視線又回到水池，不再說話。

我也不知道該說什麼？只能站在原地。

我們都保持沉默，讓原本安靜的這裡，更加安靜了。

這樣耗下去我很吃虧。因為她坐著我站著，我比較累。

『水裡有魚嗎？』我試著開口。

她依然沒說話，只是看著水池，身體動也不動。

我也是動也不動，但我的腳開始痠了。

我抬起頭看著天空，藍天白雲，午後陽光從樹葉間灑下來。

「天上有飛機嗎？」她終於開口。

『沒有。』我揉了揉雙腿，『我只是在想，為什麼還沒下雨？』

「這麼好的天氣，怎麼可能下雨？」她問。

『可是應該要下雨才對。』

「為什麼？」

『剛剛妳拚命打雷閃電，照理說馬上就會下雨了。』

她轉過頭看著我，臉上閃過一絲笑容，但閃一下就停。

這是很好也很美的閃電，可以照亮所有陰霾。

困擾著我的問題終於有答案了，答案是：我跟她很熟。

我走到她身旁的石椅，坐了下來。

『對不起。』我說。

她沒回話，只是靜靜看著水面。
我也看著水面，不再多說。

這圓形水池周圍由石頭砌成，又被樹木和灌木叢環繞，人跡杳然，
像隱身在校園中的桃花源。
陽光只能從樹葉間灑下來幾點，地上散落了些枯葉。
我和她分坐在池邊兩張石椅上，微風拂面，很寧靜也很舒服。
『水裡有魚嗎？』過了許久，我先打破沉默。
「應該有吧。」她說。

『妳有想過珍惜嗎？』我問。
「珍惜什麼？」
『所以妳根本不珍惜。』
「不要學我說話。」
『妳如果不珍惜水裡的魚，我們可以把魚都撈光。』
「神經病。」

『妳剛剛就用這三部曲對付我耶。』我笑了笑。
「本來就是。」她說，「我說的不對嗎？」
『妳那麼美，說什麼都對。』
她先是愣了一下，隨即又閃過一抹微笑。

『好久不見了。』我說。
「嗯。」她點點頭。
『最近好嗎？』我問。
「現在很好。」

我們同時笑了笑，然後又回復靜默，繼續享受在校園中的寧靜。

從此偶爾她下課後，會約在 M 棟側門水池邊碰面。
我們都沒有特別想個見面的理由，只是單純約好見面，
彷彿她下課後我們在水池邊碰面是再自然不過的事。
我總是提早到，然後靜靜等她出現。
我和她會坐在水池邊石椅上說說話，或是看著水面享受寧靜。
每當我凝視水面時，常會出神，甚至有正看著她眼睛的錯覺。

我很喜歡她的眼睛，那是一種很有深度的美。
眼睛的美有很多種，多數是表面。
但她眼睛的美，很深很深。

如果把她的眼睛比喻成一面湖，這面湖當然漂亮，
所有經過的人都會說：好漂亮的湖。
但湖的漂亮不只是平面，尤其她這面湖是立體的，平面不足以形容。
而且湖不只有表象意義上的美，還有抽象意義上的美。

多數人只看到湖面，了不起看到湖邊，但我彷彿可以看到湖水深處。
一面湖即使漂亮，但只要水淺，漂亮就有限；
而她這面湖很深很深，感覺湖水裡有好多東西，豐富而立體。
這是表象意義上的美。

如果在湖邊坐下，凝視湖面很久，甚至閉上眼睛。
當起身離開時，會發現自己變輕了，心情變舒暢了，空氣變柔和了。
這就是抽象意義上的美。

我以為,這才是這面湖最美的地方。

可能是我太喜歡看她的眼睛,所以每當四目交接,便是凝視。
剛開始我會在幾秒後輕輕移開視線,有時是她先移開視線。
漸漸的,凝視的時間變長,可能將近一分鐘,才有一方移開視線。
到後來,我已經忘了凝視的時間有多長,甚至移開視線後,
還是有正看著她眼睛的幻覺。

我驚覺,我好像溺水了,因為我總是游不出她的眼神。
而她的眼睛,也越來越清澈、越來越深邃。

有次在水池邊等她時,只見她懷裡抱著三本厚厚的書走來。
「我想去圖書館還書。」她說。
『書給我。』我說,『我陪妳去。』
她把書給我,我雙手拿著,跟她一起走向圖書館。

沿路上我們沒有交談,她一副若有所思的樣子。
「可以拜託你一件事嗎?」她突然停下腳步,說。
『請說。』我也停下腳步。
「我希望我們可以做很久很久的朋友,很久很久。」
『當然好。可是妳為什麼突然這麼說?』
「我現在終於知道我怕什麼了。」

『妳怕什麼?』我很疑惑。
「明明床給我的感覺就是放鬆和舒服,為什麼會害怕呢?」她說,
「因為怕離不開、不想離開,卻一定得離開。」

『離開?』

「床不是不舒服,相反的,正因為舒服,只要一躺下就會起不來。但我一定得起來,所以我怕的是那種起不來的感覺。」
像床一樣舒服卻是張不舒服的床,我好像能理解這個意思了。
我看著她,突然覺得她的眼睛像夜裡的大海,充滿未知。

「我們要做很久很久的朋友,很親近。但不可以親近。」她說。
我已經可以理解她這種看似矛盾的抽象表達了。

「我可以在心裡築起高牆嗎?」她問,「可以嗎?」
『可以。』但我雙手幾乎拿不穩書。

然而在意識到該築堤防時,洪水已經來到眼前。

5.

就像某些遺忘的記憶突然清晰出現在腦海裡一樣，
某些以為已逝去的情感也會湧上心頭，突如其來，猝不及防。
而且溫度依舊熾熱。

愛情像拔河一樣，在雙方僵持不下的狀態，只要一方放手，
另一方就會受傷。
失去她音訊那瞬間，我便跌跌撞撞，遍體鱗傷。

然而失去她的當下並不算最痛苦，
最痛苦的是失去她之後的日子竟如此艱難。
時間變得非常緩慢，但每一秒都很結實而銳利地，
在我心裡切出一道道又深又長的傷口。

她離開後的前幾年，她變成了一種偶爾的偶爾由朋友的朋友口中，
才知道住在哪座城市、做什麼工作的陌生朋友。
再過幾年，便一無所知了。
她就像從人間蒸發。

時間久了，跟她之間的所有記憶彷彿已經是上輩子的事，
跟這輩子的我無關。
我只是忘了喝孟婆湯或喝太少，於是殘存一些前世的記憶而已。

我知道，我被困住了，無法從跟她之間的記憶中走出來了。
我得把這些記憶，放進大門深鎖的記憶倉庫，任它塵封。
因為沒了這些記憶，我才可以重新開始。

《韓非子》裡提到，龍是一種溫馴易親近而且可以騎牠的動物。
但龍的喉嚨下方有一塊倒生的鱗片，叫逆鱗。
一旦有人碰觸這塊逆鱗，龍立刻性情大變，凶狠地殺人。
於是在心底某個受傷的角落，她似乎成了我的逆鱗。
只要輕輕碰觸這塊逆鱗，我的心臟就會瞬間瓦解崩潰。
所以我一直小心翼翼，不讓任何人包括我，碰觸這塊逆鱗。

這世界總是要讓人的心成長或成熟或更懂得衡量現況，
但我的心一直拒絕成長。
好像從她離去的時間點開始，便鎖上心門。
我逐漸明白，為什麼在十幾年的完全空白後，再遇見竟然能夠如昔。
因為那些情感或記憶，從不曾消失，只是被埋藏得很深很深。
當塵封的情感或記憶被喚醒，也感受到那股熾熱的溫度，
那麼我和她該如何？

曾聽過一個笑話，小明和小華去爬山，小明跌下山崖。
小華趕緊打小明的手機，問：「你傷得嚴重嗎？」
小明說：「我沒受傷。」
小華說：「太好了。那你可以自己爬上來嗎？」
「恐怕不行。」小明說，「因為我還沒落地。」

現在的我跟小明一樣，也是還沒落地，正在失速墜落中。

或許跌到地面後，我會死或重傷或手腳斷裂，我不知道。
我只知道，我還在失速墜落中，無法做任何反應。

我只能接受她在心中畫的那條紅色界線：最多一個月碰面一次，
最多三個月吃一次飯。
這條紅色界線還限制了什麼？我不知道。
起碼沒限制 Line。

「你在忙嗎？」她傳來。
『還好。怎麼了？』
「去收信。」
打開信箱，收到她寄的文件檔，看來應該是計畫的期中報告。

『期中報告還要兩個月才交吧？妳現在就開始寫了？』我回。
「我性子急，想趕快寫完。我寫一天了，連午飯都沒吃。」
『現在都快下班了，妳不會餓嗎？』
「還好。只是想吃甜的。」
『那妳趕快下班吃飯吧。』
「不行。我要繼續寫。你先看有沒有問題，晚上再跟我說。」

我知道她性子急，也很倔強，大概還要再寫幾個小時才會下班。
可是午飯沒吃，又到了快吃晚飯的時間，而且還一直忙。
那麼她挺得住嗎？
我突然回憶起初見她時，她中暑的情景。

我立刻下班，開車到星巴克買了一杯抹茶，挑了兩塊抹茶蛋糕。

再開車到她上班的地方，拿著紙袋裝的抹茶和蛋糕，坐電梯到五樓。
走進辦公室原本想找個人詢問，卻發現她坐在離我五步遠的位置。
她正盯著電腦螢幕打字，背影看來很專注。
我不想驚擾她，猶豫了一下，拿出手機調成震動，傳個訊息。
『妳往後看。』

她電腦裡應該有灌 Line，只見她敲打鍵盤，我便收到：
「你不知道我正在忙嗎？」
『知道。而且也看到。』
「神經病。這樣很好玩嗎？」
『我不是在玩，是要妳往後看。』
「你到底想幹嘛？」
『只是要妳往後看啊。』

她終於轉過頭，一看到我，似乎嚇了一跳。
我走近她，從紙袋拿出抹茶和兩塊抹茶蛋糕，輕輕放在桌上。
『妳先吃。我走了。』
我笑了笑後，轉身離開。

沒想到她起身離開座位，跟了上來。
『妳趕快先吃。吃完再寫。』我說。
「至少陪你到電梯口。」
我們一起走到電梯口，我按了往下的按鈕，電梯很快到了，門開了。

我走進電梯，她又跟著我進來，按了「1」。
「至少陪你下樓。」她說。

5、4、3、2、1。電梯門開了。

『妳快上去。我走了。』

「至少送你到門口。」

『還有什麼至少嗎？』一起走出大樓後，我說。

「至少陪你走到你的車。」

再走了一分鐘，到了我的車旁。

『抹茶是熱的，我也多拿了一包糖。妳要趁熱喝。』我說。

「等一下沒關係。」

『趕緊吃完。妳還有很重要的東西要趕，不是嗎？』

「你出現了，哪來更重要的事？」她說。

她微微一笑，而我只是看著她深邃的眼睛。

恍惚間，腦海裡竟然清晰出現 M 棟側門水池的景象。

已經十幾年沒去那裡了，沒想到現在卻能看到水面細碎的波紋。

『妳還是趕快吃，然後再寫一點就好。早點下班。』我說。

「你很忙嗎？」

『我沒忙，是妳要忙。妳趕快寫完趕快下班。』

「好。我知道你忙。」

她說完便轉身離開，但走了幾步後，停下腳步回頭說：

「小心騎車。」

我點點頭，說聲 bye-bye 後，開車走了。

回家看完她寄的期中報告，已經九點半了。

『回家了嗎？』我傳給她。

等了半個多小時，她才已讀。然後她回：

「剛到。洗完澡後跟你說。」

「你為什麼急著走？」過了一會，她傳來。

『只是希望妳快吃、只是怕耽誤妳寫、只是要妳早點下班。』

「我感覺你在催促我：快點道別。所以只好告訴自己：你很忙。」

『根本沒忙啊。不然就不會繞路去星巴克買甜的東西給妳吃了。』

「我也是怕你忙，耽誤你的時間，於是就不說想做什麼了。看來我們都用極細微的方式體諒對方，想著這樣是為對方好。」

『妳原本想做什麼？』我問。

「我想做的，只是和你走一圈，緩緩地。」

『其實我也是。』

我回完後，我們同時沉默。十分鐘後，她才回。

她給我一組數字，要我五分鐘之後打。

我一看就知道，那是她給過我的第一組數字，她家的電話號碼。

沒想到已經十幾年沒打過了，我不僅記得，而且如此熟悉。

我一秒不差在五分鐘後撥打那組數字。

「喂。」她接了。

『請叫妳阿姨來接電話。』我說。

她愣了愣，然後笑了起來，越笑越開心。我也跟著笑。

或許她感染了我，或許我感染了她，

不管是誰感染誰，此刻我和她都得了不笑就很難過的病。

「當初那個小女孩，現在已經是阿姨了。」笑聲終於停止後，她說。

我們開始天南地北聊了起來。

沒有特定主題，只是想到什麼說什麼。

好像要把十幾年沒說的話，一口氣在今晚說完。

那些逝去的，講電話講到快睡著的深夜、彷彿身在夢境的深夜，

今夜都回來了。

這通電話講到凌晨三點，什麼都談，就是沒談到那份期中報告。

最後是我聽她聲音已像在說夢話，求她去睡才掛斷。

我可不想再聽到她細細而規律的呼吸聲，

而且我已經忘了怎麼唱許茹芸的〈獨角戲〉。

我們又通了幾次電話，每次都聊得很輕鬆很盡興，

最後也都是我催促她睡才掛斷。

每次掛斷後，我會有不知道現在是西元幾年的恍惚。

得想到明天要上班，設定好鬧鐘後，時間才回到現在。

在電話中，失去訊息的那些年，她發生過什麼？我不問。

我發生過什麼？她也沒問。

或許知道一點，或許知道一些，或許幾乎都不知道。

但對於沒有共同經歷過的日子，我們似乎都覺得那就沒意義了。

時間改變了我們一些。

依然喜愛夜裡翩然，只是少了當夜貓子的本錢。

依然有說不完的話題，只是缺了時間和機會。

依然會想分享生活中大小事，只是少了理由和勇氣。

但時間也只改變了我們這些。

「我們還是不要常講電話。」她傳來。

我心頭一涼。過了一會才回：『那麼多久講一次電話？』

「沒有多久講一次的限制。」

『真的嗎？』

我大喜過望，馬上再傳了一張「耶！」的貼圖。

「只有一個限制。」她回。

『只要妳不規定多久講一次電話，那麼要殺要剮，悉聽尊便。』

「電話中只能講公事。」

『啊？』

「如果講公事，每天講都行。講別的，馬上掛。」

『為什麼要這樣？』我回。

「因為我們要做很久很久的朋友，很親近。但不可以親近。」

我嘆口氣。時間果然也沒改變這個。

『不要常常限制很多。』我回。

「我只是小心地不要跨越在心中的紅線，任何可能傷害到你的事情，
　我都會遠離。」

『不講電話才會傷害。』

「我們要做很久很久的朋友，很親近。但不可以親近。」

『夠了。妳是要講幾次？』

我突然無名火起。

『見面限制、吃飯限制，連講電話也要限制。妳一定要這樣嗎？』

「你知道原因。」她回。

『我什麼都不知道，只知道原本可以突然不行。即使不能跨越紅線，
　妳可以選擇人性一點的表達嗎？』

「這麼有力氣就把心力拿去做別的事，不要生氣。」

『我只是期待落空，很傷。如果說了對妳不公平的話，請別介意。』

「罵完再安撫，表示你現在平靜了。」

『我有先天性心臟病，很難平靜。』我回。

「真的嗎？什麼樣的心臟病？」

『我很容易心碎。』

「神經病。」

其實我心臟早已被她訓練得很堅強。

她只要一個眼神、一抹微笑、一句話語，可以讓我心情飛上雲端；

但同樣也可以只用一句話語就把我打落谷底。

我的心情常在很短的時間內，在正負之間震盪，振幅非常大。

心臟早已習慣這樣的折騰。

「要出來走一圈嗎？我在成大的雲平大樓。」她傳來。

『好。我馬上過去。』

「嗯。我等你。」

『不要站在定點等，要走來走去。以免被陌生人搭訕。』
「神經病。快來。」

我火速出門，開車時想到上禮拜拿抹茶和蛋糕給她，不就碰面了？
不是一個月才可以碰一次面嗎？那今晚？
算了，不要提醒她這點，裝不知道。

到成大附近停好車，只花了 12 分鐘。
走進成大，還沒走到雲平大樓，遠遠便看見她站在一座雕像前。
雖然現在大約晚上十點，但只要有微弱的光線，就足以讓我發現她。
我繞了一下路，走近她背後。

『小姐，一個人嗎？』我說。
她轉過頭看到我，點點頭說：「嗯。」
『有心事嗎？』
「我沒有心，哪會有心事？」
『妳沒有心？』
「嗯。」她說，「我的心早給人了。」
我愣了愣，沒有接話。

「你還要演嗎？」她說。
『喔。』我回過神，『不是叫妳要走來走去嗎？』
「走累了。」她說。
『抱歉，來晚了，讓妳等了 14 分鐘。』
「14 年都等了，沒差這 14 分鐘。」
我又愣了愣。

她轉身向前走，我立刻跟上。

以前我們也經常在夜裡一起散步，沒有特定的目的地，就只是走。

遇到岔路，總是右轉，因此常常會順時針繞一圈。

夜裡的她比較安靜，連說話聲音都變小，有時我還會聽不清楚。

至於走多久就看運氣了，因為只要回到原點，她就不走了。

今晚運氣不錯，這一圈應該會很大。

『今晚妳為什麼來這裡？』我問。

「想陪你走一圈。」

『嗯？』

「上禮拜你拿抹茶和蛋糕來找我，那時沒陪你走一圈。今晚陪你。」

『可是不是一個月才可以……』

話一出口就覺得不妙，只好緊急煞車。

「我心中的紅色界線，很有彈性。」她笑了起來，「我很善變吧？」

『妳只是任性。』

「是呀。」她嘆口氣，「謝謝你包容我。」

我笑了笑，沒多說什麼。

「每當我想更嚴格遵守那條紅線，甚至完全不見你、不聯絡你時，

　我就會想起重逢那晚你說的那句話。」

『哪句？』

「我們已經沒有另一個十四年了。」

『是啊。』我也嘆口氣。

「只是陪你走走，應該不會下地獄吧？」她問。

『不會。』

「如果想見你就見你，也不會下地獄吧？」

『也不會。』

「如果會呢？」

『那就下吧。』

「好。」她竟然笑了。

以前就覺得她很像漩渦。

在漩渦中，我有時覺得被用力甩開，有時卻覺得被抓緊。

而夜晚的她，是比較會抓緊我的漩渦。

「你要睡覺前打電話給我。」走回原點後，她說。

『有公事要談？』

「沒。只是想聽你跟我說晚安。」

『好。』

「只能說一句晚安。知道嗎？」

『知道。我說完晚安，妳就會掛電話。』

「不會。」

『真的嗎？』

「嗯。」

『謝謝妳。這樣才有人性。』我笑了。

「要我也說晚安後，才會掛。」

『妳真的很任性。』

「謝謝你的包容。」她笑了。

我先陪她走向她的車，送走她後，我再自己開車回家。

回家後大約 11 點，趕緊先打電話給她。

『晚安。』我說。

「晚安。」她也說，然後掛斷電話。

一分鐘後手機傳出響聲，是 Line。

「是你要睡覺前打電話給我。」她傳來。

『不想讓妳太晚睡。』我回。

「我已經沒有 11 點之前上床睡覺的習慣了。」

『改不回去了？』

「見面限制、吃飯限制、講電話限制。如果 Line 裡不能陪你到很深
　的夜，我還有人性嗎？」

我想回點什麼時，突然發現，她 Line 的頭像換了。

換了一杯抹茶和兩塊抹茶蛋糕的相片。

相片上還寫了一句話：

Love is sort of encounter. It can be neither waited nor prepared.

翻成中文，應該是：愛是一種遇見，既不能等待，也無法準備。

『妳換頭像了？』我回。

「嗯。」

『為什麼換？』

「我想刻在心裡，不想忘。」

『不想忘什麼？』

「今生我們曾經這樣的相遇。」她回。

『為什麼妳叫我猴子？』我問。

「看過猴子在森林中抓著樹藤盪來盪去嗎？」

『電視上看過。』

「猴子在盪來盪去時，要抓到一根新的樹藤，才會放開原本在手中的那根樹藤。」

『我會這樣嗎？』

「嗯。」她嘆口氣，「你是猴子。」

✈ ✈ ✈ ✈ ✈

黃昏時分的 M 棟側門水池邊，實在是一個美好的地方。
池水清澈見底，四周樹葉翠綠，橙黃色陽光照射在池面，波光粼粼。
如果有心事，應該在這裡訴說；
有故事，應該在這裡傾聽。

「想聽我的故事嗎？」她說。
『請說。』
「有個大我一屆的學長，我們在一起兩年了。」
『喔。』我喉嚨有些乾澀。

「我和他雖不同年，卻是同一天生日。因為這樣，我覺得緣分很深，
　彷彿是注定……」
『注定？』我莫名其妙有了火氣，『那每家醫院每天的新誕生嬰兒，
　都可以順便舉行結婚典禮了，因為都是同年同月同日生，而且還在
　同一地方出生，那更是注定。比妳的注定還注定。』

如果依她的習慣，這時一定回嘴，而且會尖銳。
但她卻沒說話，只是看了我一眼，眼神似乎有些歉疚。
『抱歉。』我更歉疚，『請繼續說。』
「我不想說了。」

也好。我也沒勇氣聽下去。
銳利的劍刺入身體，不用刺太深，只要一刺入就是痛。
但刺越深，應該越痛吧？

『想聽我的故事嗎？』我說。

「不想聽。」

『喔。』

「但你還是要講。」

『她是我國中同學，高中時沒聯絡，上大學後偶遇。雖念不同大學，
　卻在同一座城市。因為都是從同一個鄉下地方來城市念書，彼此會
　特別照應。算一算，我們在一起快三年了。』我說。

「那每個鄉下地方國中的畢業典禮，也可以順便舉行結婚典禮了。」

『妳終於回嘴了。』我說。

「因為理由太牽強了。」

『是啊，很牽強。』我說，『但在一起不需要什麼特別理由。』

她沒回話，坐在石椅上左手托腮，好像陷入沉思。

我走到她身旁的石椅，坐下。

『還要我繼續說嗎？』我問。

「隨你。」

『後來我和她……』

「我不想聽。」她突然打斷，聲音溫度很低。

我的嘴巴凍住了，便不再往下說。

她也不再說話，眼睛凝視著閃爍夕陽餘暉的水面。

我們同時沉默，直到水面不再泛著橙黃色彩。

「我主動跟他分手的機率，大概和林志玲嫁給吳宗憲的機率一樣。」

天色灰暗時，她說。

『其實妳很有幽默感。』我說。

她似乎想笑，但嘴角才剛拉起便放下，感覺有些苦澀。

「在心裡築高牆根本沒用。」她嘆口氣。

『其實也來不及。』

「嗯。」

『牆還在嗎？』我問。

「早垮了。」

她轉頭看了我一眼，眼神有些迷濛，像被濃霧籠罩的湖面。

「我的溫度只有冰與火，很難掌控中間的溫度。」她說，「雖然很想
　做很久很久的朋友，但我們不能是火，所以我只能回到冰。」

『我了解妳。』

「我也知道你了解我。」

我相信在很多地方，她很了解我，甚至比我還了解自己。

就像我大概知道自己下巴的樣子，但她可以很清楚看到。

所以我常可以藉著她的眼睛，看到更清楚的我。

對她而言，我應該也扮演類似的角色。

「該走了。」她站起身。

『嗯。』我也站起身。

「你會不會忘記我？」

『地球會忘了要繞著太陽轉嗎？』

「其實你也很有幽默感。」她說。

我那時以為，這應該是我聽到她說的最後一句話。
心裡很慶幸，最後一句話是對我的讚美。
不像電視或電影上演的，女生說的最後一句話通常是：
你走、永遠都不要回來、我恨你、永遠都不想看到你之類的話。

我和她都知道，只要有相處的機會，我們無法維持住朋友那條線。
或許這世上有很多人如果不能當愛人，可以只做單純的好朋友。
但她不是。她只有冰與火，沒有中間的溫度。
我應該也不是吧。

還好我們的生活沒什麼交集，只要不上 MSN 或上線時不傳訊息，
再控制打電話的念頭，我跟她可以完全沒交集。
生活上可以努力做到活在兩個世界，但其他呢？

這個世界上無法靠努力就會有所成果的，大概就是樂透和愛情。
常常再怎麼努力，不愛就是不愛。
但反過來說，如果愛了，再怎麼努力，也無法不愛。

思念是一種病，吃藥也沒用的那種。
尤其寂靜的深夜，更容易想起她。甚至會因為想起她而失眠。
這並非我所願，但我無法控制，也不能避免。
每當突然想起她，往往會想出了神，陷入一種失神的狀態。
如果我是一隻鳥，一定忘了擺動翅膀，於是失速墜落。

泰戈爾說：我的心是曠野的鳥，在妳的眼睛裡找到了天空。
她清澈而深邃的眼睛，就是我的天空。

然而我已失速墜落，回不去了，再也回不去了。
我已經回不去那片沒有她的天空。

渾渾噩噩過了一段沒有她的日子（我連過了多少天都沒概念），
有天上課時又突然想起她，拚命想壓抑卻導致更想，完全失控。
思念像橡皮球，越壓它，彈得越高。
我無法排遣這排山倒海而來的思念，只能找個出口宣洩。
下課後決定繞路過去 M 棟側門水池。

我剛穿進樹林，遠遠看見她坐在水池邊的石椅上，視線朝著水池。
上次看到她，是秋末，地上積了些落葉，而現在落葉幾乎鋪滿地。
如果地球繞太陽的公轉方向仍然是逆時針的話，現在應該是冬天。
但我卻有夏天回來了的錯覺。

我停下腳步。
思考到底是繼續向前走？還是轉頭向後轉？
我相信未來不管經過多少年，我回顧此刻，一定會覺得這是轉捩點。
向前走或是向後轉，將導致兩種不同的人生。

我決定繼續向前走，一直走到她身旁的石椅，坐了下來。
她轉頭看了我一眼，竟然沒有驚訝的表情。
「你為什麼來這裡？」她問。
『跟妳的理由一樣。』我回答。

我們都不再說話，可能不知道該說什麼，或者只是單純不想開口。
過了許久，她突然彎身從地上撿起枯葉和枯枝。說：

「人家都說愛河愛河，將愛比喻成河，會讓人陷溺其中。」
她將手中枯葉和枯枝拋入水池，它們便緩緩浮在水面漂移、旋轉。
「葉子和樹枝，在河裡可以優游，自在而快樂。」
『嗯。』我點點頭。

她左手抓起地上一把沙子，右手撿了幾顆小石子。
「可是沙子和小石子呢？」她又將沙子和小石子都丟入水池，「一旦
　落入水中，最後都會沉積在底部。」
『是啊。』我說。
「我和你一定不是葉子和樹枝。那麼我們誰是沙子？誰是小石子？」
『有差嗎？不論沙或石，落水皆沉底。』
「沒錯。」她嘆口氣，「我們無法優游，只能沉底。」

我們又靜靜看著水面。過了一會，她問：
「我是不是很壞？」
『妳不壞。』
「可是我脾氣不好、個性古怪。」
『那倒是。』
她轉頭像是瞪了我一眼，我笑了笑。

「我任性又沒耐性，明明知道要跟你保持距離，可是……」
她嘆口氣，問：「我真的不壞嗎？」
『不壞啊。為什麼覺得自己壞？』
「這陣子我一直在否定自己。好像這樣做，心裡才會舒坦一點。」
我看著她的四分之三側面，雖然她眉頭皺起，但依舊完美。

『地球是圓的？還是橢圓？』我問。

「應該是橢圓。但看起來都是圓的吧。」

『嗯。不管地球是圓或橢圓，都是圓。太空人在太空中看到的地球與
　拍攝回來的照片，都證明了一件事──地球是圓的。』

「你在幫我複習地球科學嗎？」她有些疑惑。

我笑了笑，沒回答她的問題，繼續說：

『地球上有超過8800公尺高的喜馬拉雅山，也有超過11000公尺深的
　馬里亞納海溝，兩者加起來共有將近20000公尺的高低起伏。地球
　表面明明是崎嶇不平的，怎麼會是圓的呢？』

「你到底想說什麼？」她更疑惑了。

我還是沒回答她的問題，接著說：

『那是因為地球半徑很大，約6400公里，20公里的高低起伏對地球
　半徑而言，實在是渺小而微不足道。所以在太空人的眼裡，地球是
　圓的，而且光滑。』

她沒再發問，只是眼睛睜得很大。

『其實妳就像地球。』我笑了笑，『或許妳有一些缺點，像地球表面
　有高低起伏一樣，但同時妳也擁有像地球半徑的優點和特質。所以
　在我這個太空人的眼裡，妳始終是光滑的圓。』

她臉上終於閃過一抹微笑。

『我知道妳外表、名字、年齡、生日。我知道妳美麗、可愛、任性、
　沒耐性、脾氣不好、個性古怪、敏感又善變。我知道妳不講道理、
　沒安全感、偶爾放我鴿子、常把我視為空氣、喜歡無緣無故罵我、

不喜歡聽我把話說完。其他的，我不知道。』

「看來我很嚴重。」她笑了起來，很燦爛的笑容。

『我不僅不知道，也不在乎。因為我不相信地球上有任何高低起伏，
　會破壞地球的圓形表面。妳可知道我在太空中看到妳這顆地球時，
　我是多麼讚嘆那種光滑的圓、多麼讚嘆那種湛藍的美嗎？』我說，
『所以請妳相信，在我眼裡，妳就是光滑而無瑕疵的圓。』

「那是你眼睛有問題。」她依然燦爛地笑著。

『在我心裡也是。』我最後說。

她愣了愣，隨即閃過微笑，依然是那種閃電般的笑。

她的眼睛此刻更清澈深邃，而她的四分之三側面始終完美。

夕陽快下山了，氣溫開始降低，但我只覺得溫暖。

「你地球科學不錯。」她笑著說。

『我畢竟是自然組的。』我也笑了笑。

「該走了。」她站起身。

『等我一下。』我彎身脫去鞋襪。

「你在做什麼？」她似乎有點驚訝。

『清理一下。』我捲起褲管，盡可能往上捲。

「清理？」她更驚訝了。

我赤腳站起身，向水池走了兩步到岸邊，左腳先伸進水裡。

「喂！」她驚呼。

我右腳再踏入水裡，兩腳站定。

由於褲管只能捲到膝蓋上方一點點，而水深到大腿，

所以褲子還是濕了 10 公分左右。

「快上來！」她大叫。

『要有公德心。』我說，『我要把妳剛丟的葉子和樹枝撈起來。』

「神經病。」她說，「快上來！」

我開始在水中一步一步緩緩走動，走了十步，撈起樹枝；

再走兩步，撈起樹葉。

她一直站在岸邊，很焦急的樣子。

我慢慢走回岸邊，起身離開水池，把葉子和樹枝放在地上。

穿上鞋襪，把褲管放下，大腿以下都濕了。

「神經病。」她又說。

『我修正剛剛說的，我也知道妳罵人時很單調，通常只有神經病。』

「神……」她立刻改口，「你褲子濕了，會著涼的。」

『沒關係。』

「你到底在幹嘛？」

『如果這水面代表愛河，就讓它保有最乾淨單純的樣子吧。』

她愣了愣，看了我一眼，然後輕輕點個頭。

『我們是沙和石，雖然無法優游，只能沉底。但我們也因此不會破壞

　水面的清澈和平靜。』

「嗯。」她又點個頭。

「會冷嗎？」她問。

『不會。』

「下次可以不要這麼神經病嗎？」

『會有下次嗎？』

她沒回話，只是注視著我，最後點個頭。

「我們以後會不會因為這樣下地獄？」她問。

『以後或許會吧。但如果從此完全斷了，現在就已經在地獄了。』

「嗯。」她點個頭，「走吧。一起。」

『一起下地獄？』

「也可以。」她聳聳肩。

我愣了愣，隨即跟她並肩走出樹林。

「你趕快回去先換條褲子。」她說，「免得著涼。」

『好。』

「然後打電話給我。」

我看著她清澈的雙眼，好像又回到最乾淨單純的水面。

6.

時序進入了梅雨季，天空總是陰沉灰暗。

下雨的時候，特別容易想起她，因為這是她最喜愛的天氣。

沒有音訊的那十幾年，每當下雨的時候，

我的心彷彿在另外一個世界，離她很近。

雖然我根本不知道她在哪裡。

印象中從沒跟她一起在雨中撐著傘漫步。

如果碰到下雨，我們會躲在雨打不到的地方，等雨停。

現在重逢了，又碰到雨天，我只想跟她在雨中走走。

從沒在她最喜愛的雨天裡一起撐傘漫步，也算是遺憾吧。

『下雨了耶。』我傳。

「我知道，也看到，還有淋到。所以呢？」

『晚上出來走走？』

「我今天要加班。」

『喔，那改天吧。』

「不用改天，晚一點吧。十點左右。」

『好。』

沒想到九點半時，她傳來：

「下大雨，改天吧。」

『我好像已經習慣被妳放鴿子了。』

「你不怕淋濕就可以，不要牽拖我的貼心。」

『拿傘就可以了。』

「好吧。我只是不希望你淋濕。」

提早五分鐘到她家巷口，拿了傘下車。

啊？雨停了？

我很不甘心，還是撐開傘，等她出現。

「沒雨了。」她下樓說，「撐著傘幹嘛？」

『雨隨時會下，撐著比較保險。』我說。

「所以你一定吃飽了。」

『嗯？』

「吃飽了撐著。」

『其實妳很有幽默感。』我笑了笑。

我只好收起傘，跟她並肩走著。

雖然雨剛停，但梅雨季節空氣始終陰涼潮濕，雨也可能說下就下。

我左手拇指輕放在傘柄按鈕，隨時可以第一時間撐開傘。

沿著人行道走，地面又濕又滑，我常反射似的伸出右手想扶她。

但總是伸到一半便僵住。

「知道為什麼我最喜歡下雨嗎？」她問。

『因為妳的脾氣跟雨有關。』

「嗯？」

『妳常常打雷閃電。』

「我脾氣是真的不好。」

『沒錯。』

啊，我回答得太快了。

『抱歉，我白目。十幾年了還是改不掉。』我說。

「你說的是事實啊，又不是白目。」

『不，我該檢討。』

「你人很好，不必檢討自己。只有我該努力檢討自己。」

我開始流冷汗了。

以前如果她突然很溫柔說話，或是說我對她太好、她對我很糟；

或是說她以後不要任性、脾氣會改、個性會改等等，

我都會流冷汗。

我曾跟她形容說，這樣叫屠刀式的溫柔，

就像拿把刀輕輕撫弄你的頭髮，也許很舒服，卻膽顫心驚。

『妳是不是工作太忙？』我小心翼翼問。

「沒。」

『壓力太大？』

「沒。」

『身體出毛病了？』

「也沒。」

『那麼妳放下屠刀吧。』

「神經病。我要成佛嗎？」

聽到她罵一聲神經病，我鬆了一口氣。這才是正常的她。

「你總是不習慣我溫柔對你。」她說。

『如果老虎溫柔舔妳的臉，還對妳微笑。妳會習慣嗎？』

「你就是要我凶巴巴的，常罵你就是了。」

『對。反正讓妳罵是我的強項。以後請繼續，也請盡量。』

她笑了起來，很燦爛的笑容。

『其實妳溫不溫柔無所謂，只要正常就好。』

「我很正常呀。」

『妳只要出現屠刀式的溫柔，通常就是有心事。』

她似乎嚇了一跳，突然停下腳步。

『有什麼心事嗎？』我也停下腳步。

「我最近又開始否定我自己了。」她說。

『因為我嗎？』

「算是吧。」

我看著她的四分之三側面，有心事時皺起眉頭的樣子，

跟十幾年前一模一樣。

「我想念我自己。」她說，「你能告訴我，我以前的樣子嗎？」

『妳以前的樣子跟現在一樣。』

「是嗎？」她偏著頭，「我覺得以前的我，一定很自在、灑脫。」

『妳從不自在、灑脫，妳一向是任性、固執。』我笑了笑，『妳總是
固執地像個受傷的獅子，任性地像個興奮的猴子。』

「你才是猴子。」

『是啊。』我嘆口氣，『我只是在森林中抓不到新的樹藤，於是只能

在原地盪來盪去的猴子而已。』

「不要說這個。」她嘆口氣,「也不要嘆氣。」

『妳自己還不是在嘆氣?』

「因為該嘆氣的人是我。」

我們短暫沉默,每當碰觸這個話題,我們總是選擇沉默。

『為什麼想念以前的妳?』我先打破沉默。

「我很想念以前那個可以恣意展現的自己。那個自己,是用小雞黃、
　海水藍、桔梗紫、鮮血紅、檸檬綠所建構而成的顏色。」她說,

「不像現在,只剩黑與白,一味地否定自己。」

『妳還是喜歡用這種虛無縹緲的形容。』我笑了出來。

她瞪了我一眼,我立刻止住笑。

『以前妳就會否定自己。』我說,『不過如果拿現在跟以前比,確實
　現在的病情比較嚴重。』

「是嗎?」

『因為妳是地球。現在地球大氣層的二氧化碳濃度比較高,所以暖化
　比較嚴重。』

「你還是喜歡講地球科學。」

『妳依然是光滑而圓的地球,我也還是太空人。』我說。

「還是嗎?」

『嗯。』我點點頭,『在我眼裡是。』

「你眼睛還是有問題。」

『在我心裡也是。』

她終於露出微笑,然後邁步向前。我繼續跟她並肩走著。

『已經下交流道很久了，該回到高速公路上了。』我說。

「什麼？」

『妳還沒告訴我，為什麼妳最喜歡雨天？』

「我不是喜歡雨天。」她說，「我只是喜歡下雨的時候。」

『差別在哪？』我有些疑惑。

「你記不記得以前有次在校園中散步時，突然下起雨？」

『我記得。那時我們趕緊躲進機械系館避雨。』

「你記錯人了。」

『不要挑戰我對妳的記憶。因為那些記憶都非常精準的放在腦子裡，
　甚至是心裡。像完美的藝術品一樣，不會有一絲偏差或失誤。』

「五朵粉紅玫瑰變成三朵紅玫瑰。」她哼了一聲，「還好意思說？」

『那只是例外。』我乾笑兩聲。

「我們是躲在電機系館。」她說，「這也是例外？」

『對，只是例外而已。』我說，『而且機械插電就是電機，拔了插頭
　就是機械，兩者差不多。』

「你真的很敢說。」

『妳不敢聽？』

「對。」

『喔。然後呢？』

「沒有然後。」她說，「我們原本該道別，但被雨困住，只好在電機
　系館多待了半個小時。」

『所以呢？』

「所以什麼？」

『妳不是要告訴我，喜歡雨天跟喜歡下雨的時候，兩者並不一樣？』

「以前我們在一起時，如果到了該道別的時候，我總是期待可以突然
　發生什麼，讓我們不用急著道別。」她說。

『其實妳不要急著道別就好。』

「我很任性又固執，即使心裡再怎麼想多留一會，也會強迫自己一定
　要道別。我無法克服自己這種個性，只能期待突然發生什麼，讓我
　不得不留下。」

『嗯。』我點點頭，表示理解。

「那場突如其來的雨，讓我們多相處半個小時。」她說，「雖然只有
　半個小時，但我很開心也很滿足，到現在還能感受到那股興奮。」

『可是那時妳說：想走卻走不了。聽起來妳應該很悶。』

「我有語言表達障礙。」

『這哪是語言表達障礙？這叫心機重。』

「神經病。」她瞪了我一眼，「重逢那晚就告訴你了，我很不擅長用
　語言表達喜悅。而且心裡感受越洶湧，說出的話越淡然。」

『喔。』

「你只會喔。」她又瞪我一眼，「從那次起，我就喜愛下雨的時候。
　只要我們在一起，到了該道別時，我總是期待下雨。」

『我還是覺得雨天跟下雨，好像差不多。』我說。

「雨天，是一種狀態。而下雨，是一種徵兆，彷彿老天要我們留下，
　不要急著走。所以祂用下雨來暗示。」

她抬頭看一眼夜空，還是沒下雨。

「隱約雷鳴，陰霾天空。但盼風雨來，能留你在此。」她說。

我愣了一下，隨即回答：

『隱約雷鳴，陰霾天空。即使天無雨，我亦留此地。』

「你也看了那部動畫電影？」她問。

『去年看的。』我說。

「我也是。看來即使我們都沒聯絡，還是會做相同的事。」

『嗯。』

「那些句子就是我的心情。」她又抬頭看一眼夜空。

『我的心情也是。』

「那年出國，我很希望突然下雨。我心想如果老天突然下雨，那就是
　祂要我留下，不要離開。」

『如果突然下雨，妳真的不走？』

「一定不走。」她眼神很堅定，「往機場的路上、進機場 check in、
　等候登機，到進了飛機、關上艙門那一刻，我一直期待下雨。」

『最後還是沒下雨吧。』我嘆口氣。

「有。」

『那妳還走？』

「是我眼裡下個不停。」

十幾年前最後一次見到她後，沒多久她就出國了。

到底多久後出國？時間點我不清楚，因為是輾轉得知。

什麼時候回來？我就完全不知道了。

我一直把她出國的時間點，當作是她鬆開拔河的手的瞬間。

現在才知道，她曾經期待老天給她一個不鬆開手的理由；
也知道她因為鬆開手而眼裡下著不停的雨。

她停下腳步，我停在她身旁，一起仰望夜空。
我們停在騎樓的末端，往前就是一所中學的圍牆邊。
離她家只剩 300 公尺，前 200 公尺是沒有騎樓遮雨的人行道。
再走幾分鐘，就回到她家了。

「以前只要我們在一起，到了該道別時，我總是期待下雨。」
『現在呢？』
「現在也是。」她仰望夜空，說。
我不禁也抬頭看著夜空。

咦？下雨了？真的下雨了！
『又下雨了耶！』我很興奮。
「你有帶傘，撐傘吧。」
『妳剛剛才說這是老天的暗示，是徵兆……』
「你有帶傘就不算。」她打斷我。
『為什麼不算？』
「帶傘就是一般的雨天，不是老天突然下雨。」

『明明就一樣。』我說。
「帶傘就是知道可能會下雨，那怎麼能說老天突然下雨？」
『妳沒事叫我帶傘幹嘛。』我很不甘心。
「是你自己要拿傘。」她說，「不信你看一下 Line 的對話紀錄。」
我拿出手機翻了翻出門前的對話紀錄……

『可是妳說：好吧。那表示妳也要我拿傘啊。』

「你說要拿傘，我又不希望你淋濕，當然說好。」

『可是……』

「撐傘吧。」她說。

『可以假裝我沒帶傘嗎？』我說。

「帶了就帶了，幹嘛假裝。」

『但我的傘好像壞了。』

「明明好端端的。」

『坦白說，傘只是它的偽裝，它其實是一把槍。』

「你很有幽默感。」她說，「但別掙扎了，撐傘吧。」

我舉起左腳，把左大腿當作支點，雙手用力把傘往大腿一折，
聽到喀嚓一聲。

「你在幹嘛？」她嚇了一跳。

『這樣傘算壞了吧？』我指著被折彎的金屬傘柄。

「神經病。」

『還不算嗎？』我說，『沒壞就再折，折到它壞。』

「我不想回答無聊的問題。」

『那就再折。』我作勢要再折一次。

「喂！」她急忙拉住傘。

『傘算壞了嗎？』我再問。

「壞了。」

『傘壞了，老天又突然下雨，這是祂給的徵兆，要我們多留一會。』

「神經病。」但她說完後，卻笑了起來。

我們並肩站在騎樓的末端，看著下雨的夜，彷彿在欣賞美景。

斜斜的雨絲，在街燈映照下閃爍著白光或黃光，像金針與銀針。

算深夜了，街上很安靜，幾乎沒人影。

雨打地面的細微低沉，和偶爾經過的車子濺起水花的飛揚高亢，

構成此刻天地間的聲響。

「會痛嗎？」她問。

『妳問我？還是問傘？』

「問傘。」

『傘不會痛，它很爽。它原本以為只能直挺挺的，沒想到還可以彎得
　這麼漂亮。』

「可以認真回答嗎？」

『喔。很痛。』我卻笑了起來。

「你還笑得出來？」

『因為很開心啊。』

「我媽不知道會不會擔心。」

『應該會吧。』

「她已經擔心 30 幾年了。」她也笑了起來，「沒差這幾分鐘。」

『妳還笑得出來？』

「因為很開心呀。」

『如果不是幾分鐘，而是幾小時呢？』

「在電機系館躲雨的那半個小時，你也問了我同樣的問題。」

『有嗎？』

「你對我的記憶既然像完美的藝術品一樣，不會有一絲偏差或失誤。
　　那麼你一定記得我怎麼回答你。」
『這⋯⋯』我應該臉紅了。

「我希望雨不要停。」她說。
『嗯？』
「我那時這麼回答你。」
『抱歉。』我確定臉紅了，『真的忘了。』
「這也是我現在的回答。」

梅雨季節的雨，總是連綿而細長，真要完全停，恐怕有點難。
雖然知道她太晚回家不好，雖然也希望她早點回家休息，
但此刻的我，一心只期待梅雨發揮正常水準，連綿不絕。
即使要停，也要苟延殘喘。

『只要有一點點雨，就不走？』我問。
「好。」
『真的好？』
「反正我任性，隨時想走就會走。」
『妳怎麼老這樣？』我有點激動。
但她卻笑了起來。

「你的確變得有些不同。」她說，「以前你總是溫溫的，無奈接受。
　　現在意見不一致或我冰冷溫度出現時，偶爾會聽到你高亢的嗓音，
　　還看見你激動解釋的神情。」
『不行嗎？』

「可以。但什麼年紀了還這麼容易激動，這些年的歷練到哪去啦？」
『因為妳不在，所以沒有歷練。』
「最好是。」

『妳是我的菩薩，妳才能讓我有所歷練，修成五蘊皆空。』我說，
『沒有妳給我歷練，我只能成為容易激動的凡夫俗子了。』
「神經病。」她笑了。
我看著她的眼睛，這場雨似乎讓她的眼睛更清澈了。

「我離開的第一年，在和你相隔不知多少距離的國度，每當我一個人
　　在房間時，常會聽到下雨的聲音。」她說，「但當我打開窗戶時，
　　總是只看到晴空萬里或是寂靜黑夜。」
『為什麼這樣？』
「可能是心裡湧上來的思緒化為下雨的聲音，洩了一室。」她說，
「那應該也算是一種遺憾吧。心裡始終覺得如果臨走時下雨就好了，
　　這遺憾一直都在，才導致聽到雨聲的幻覺。」

「漸漸的，聽到雨聲的次數越來越少，這幾年很少聽到了。」她說，
「分離的那段時間，是一首由雨聲堆疊起來的樂曲。有時濛濛細雨，
　　有時滂沱大雨，嘹亮與低沉夾雜其中。」
『妳現在還會莫名其妙聽到下雨的聲音嗎？』
「如果還會，記得把我送去精神科醫院。」她笑了起來，「因為這叫
　　幻聽，很可能是精神分裂的前兆。」

『好。』我也笑了，『其實我一直想找機會送妳去精神科醫院。』
「神經病。」她瞪了我一眼。

『不過看來是妳會先送我去精神科醫院。』
「你如果繼續白目，我會送你去。」
我們同時傾聽雨聲，似乎想確定雨聲是真實存在的，不是幻聽。

雨好像變小了，從下著雨變飄著雨，從針變成牛毛。
雨越來越小，最後覺得搞不好雨絲沒落到地面就飄走了。
終於完全看不見雨、聽不見雨聲。
這場雨跟十幾年前一樣，也是讓我們多留了半個小時。
『走吧。』我說。

「喂。」她說。
『怎麼了？』
「送我去精神科醫院吧。」
『幹嘛？』

「我聽到下雨的聲音了。」她說。

「世界上有三大不可信：男人的承諾、女人的分手理由、
　命案現場死者壞掉的手錶。所以請你諒解，我很難相信
　你的承諾。」她說。

『這說法不公平。』

「但同樣的，如果有天我說要跟你分手，你也不要相信。」

『不要相信妳說的分手理由？』

「不只是理由。」她說，「你更不要相信，我要分手。」

✈ ✈ ✈ ✈ ✈ ✈

戀愛是一種錯覺，久了就變成真的。

或許一開始只是錯覺，但現在已成真。
可惜我和她不是相遇在對的時間點，也不是相遇在正確位置，
所以我們會很辛苦。

上次在水池邊的談話，對她而言，應該是限制級的掏心掏肺。
從此之後，她絕口不提她的他，和我的她。
同樣地，我也是。
這大概是認識她以來，我們兩個最有默契的一件事了。

之後的日子看似沒有改變，但明明在同一座城市甚至同一所學校，
要見面卻不像以前那樣自然，彷彿挑選結婚日子，得選個好日子。
甚至原本約好見面，她也可以臨時取消，而且沒有理由。

她說一定要學會控制溫度，這樣才能當很久很久的朋友。
可是她根本學不會，她像是低溫偏執狂，習慣控制在低溫。
差別只在於是冰，還是霜。
一旦她意識到自己融化了，便立刻採急凍模式，成為堅固的冰。

伏爾泰說：使人疲憊的不是遠方的高山，而是鞋子裡的一粒沙子。
如果要走長遠的路，那條路好不好走、要走多久都是其次，
重要的是鞋子裡那粒沙要先清掉。
是沙子讓人疲憊，而不是艱難遙遠的路途。

鞋子裡的沙，看來很難清掉，會一直在。

要避免疲憊的方法，只能不穿那雙鞋，或穿了鞋後不走。

我們已經穿上那雙鞋了，無法脫掉，也不想脫。

但如果穿了鞋後不走，我們怎麼會有長遠的路？

我對未來險峻、崎嶇、坎坷的路，早已有所覺悟；

而她似乎因為害怕走錯路、害怕迷路，

於是選擇站在原地。

有次在深夜中講電話，她說想去便利商店買東西，要掛電話了。

『我陪妳去吧。』我說。

「太晚了。」她說，「我自己去就好，你不用出門。」

『沒關係。』我再說，『我陪妳去吧。』

「嗯……」她大概思考了十秒，「好吧。」

以前她總是馬上說好，不會考慮，更不會讓我問第二次。

騎機車到她住宿的地方只要五分鐘，但寒冷冬夜騎五分鐘就夠嗆的。

停好車等她出現時，我突然覺得她很像漩渦。

在漩渦中，我有時覺得被用力甩開，有時卻覺得被抓緊。

而我只是努力游著，既游不開，也不想游開。

所以我始終在漩渦中，上不了岸。

『謝謝妳。』她出現時，我說。

「謝什麼？」

『妳像漩渦，我根本游不開，上不了岸，只能一直游。』我笑了笑，

『因為妳，我變得很會游泳。』

「神經病。」

她的語氣維持一貫的低溫，不知道是冬夜較冷？還是她的語氣較冷？

今夜寒流來襲，冷風刺骨。

她本來就怕冷，此刻身上手套、毛帽、大衣、圍巾等裝備俱全。

我很好奇，怕冷的人在寒流來襲時的深夜，到底要出門買什麼？

我們並肩走著，到 7-11 也只要五分鐘。

沿路上沒交談，氣氛比周圍的溫度更冷。

「我進去買就好，你不用進去。」到了 7-11，她說。

『狗走進 7-11 被趕出來，但羊走進去卻沒事。為什麼？』我說。

「不知道。」

『因為 7-11 不打烊（羊）。』

「這好笑。」她忍不住笑了出來。

這陣子她總是陰霾，這是難得出現的陽光。

『我們兩個生肖都屬羊，一起走進 7-11 絕對沒事。』我說。

「但我不想讓你知道我買什麼。」她的語氣迅速回到低溫。

『喔。』

我簡單應了一聲，看著她走進 7-11。

如果我打開心門，和煦的陽光會照進來，溫柔的微風會吹進來，

但暴雨也會打進來。

有時天氣在短時間內急遽變化，我不知道要開啓心門？還是緊閉？

心門在開開關關間，覺得累了，索性不管了，任它隨風擺動。

而她，心門似乎已經關上，而且是防彈防爆的那種門。

她走出 7-11，提了一個購物袋。

袋子裡的東西，看形狀大小，應該是一瓶易開罐飲料。

如果買衛生棉，那我可以理解她剛剛那句低溫的話，也會覺得抱歉；

可是只不過是瓶飲料，有必要說：不想讓你知道我買什麼嗎？

『妳有考慮開課嗎？』我問。

「開什麼課？」

『如何在短短時間內講話忽冷忽熱的課。』我說，『妳是大師。』

「我可以開的是從此不再說話的課。」

又是一記冷箭。

『把妳的心門打開，很難嗎？』我已經有點火了。

「不難。」

『那為什麼不打開？』

「因為只要一打開，就再也關不上了。」

『那就不要關上啊。』

「我會怕。」

『妳怕什麼？』

「只要是黑黑的深洞，就會害怕跳進去。而一旦跳進去，再也回不來
　的恐懼也會有。」

『我像黑黑的深洞嗎？』

「那種讓我離不開、回不來的感覺很像。只要對你打開心門，就再也
　關不上，整個人會一頭栽進黑黑的深洞。」
『所以妳只能維持低溫讓我凍傷？』
「不是。」她搖搖頭，「我只是不知道該怎麼辦而已。」
一直面無表情的她，此時眉頭皺了一下，更添幾分愁苦。

我突然想起前天晚上所作的夢，依然是沒什麼邏輯性的夢。
情節和場景都模糊了，只記得醒來時的感覺，很沉重。
夢裡的我，似乎很清楚知道我們正互相傷害對方。
但這既不是我們所願，我們也無能為力。
只能眼睜睜看彼此越傷越重。

已經走回她住宿地方的門口，我們停下腳步。
『我是不是讓妳很為難？』我問。
她眼神有些茫然，沒有回話。

『如果我讓妳為難，或難為，那我不會再打擾了。』我說。
「我明白你的意思。」她說，「謝謝你提醒我不要打擾你。」
『我是說我不會再打擾了。妳哪隻耳朵聽到我提醒妳不要打擾？即使
　耳朵重聽，也不會把主詞和受詞搞混。』
「A說不打擾B，另一層深意就是請B不要打擾A，要識相點。」

『這另一層深意太扯了。』我說，『就好像公車上男子的手摸到女子
　的屁股，於是說：抱歉，我的手打擾了妳的屁股。原來另一層深意
　是女子的屁股打擾了男子的手。我真是太震撼了。』
「莫名其妙的比喻。」

『但很貼切啊。』我問，『妳說是不是？』

「是你的頭。」

我看她好像想笑卻忍住。

『妳選一個。』我說。

「選什麼？」

『看是要閃電的笑，還是結凍的臉。妳只能選一個表情。』

「神經病。」

她終於忍不住嘴角揚起，笑了一下。

『對不起。我剛剛聲音有點大，妳不要介意。』我說。

「看來你平靜了。」

『我一直很平靜啊。』

「最好是。」她哼了一聲，「你每次都罵完才安撫。」

『其實我還沒罵完。』

她瞪了我一眼。

『妳連買什麼都不肯讓我知道，讓我很沮喪。』

「你如果想知道的話，自己看。」

她把購物袋拿給我，我打開袋口看，是咖啡。

『妳不是說妳喝咖啡會心悸，所以從不喝咖啡？』我很納悶。

「嗯。我不喝咖啡沒錯。」

『那妳是幫人買的？』

「不。我買給自己的。」

『買咖啡又不喝，那妳買咖啡幹嘛？』

「跟我們一樣。」她說。

『什麼一樣?』

「我們又不能在一起,那現在幹嘛在一起?」

我愣住了,完全無法反駁她的話。

『好不容易出太陽,妳就不能讓太陽待久一點嗎?』我嘆口氣。

「我說的是事實。」她語氣稍暖,「不喝咖啡卻買咖啡,就跟我們
　明知不能在一起卻在一起一樣。」

『不要說這個。』

「你不想聽,那就不說了。」她語氣又結冰。

「還有什麼要問的?」她掏出鑰匙,打算開門進去。

『為什麼買咖啡?』

「這段日子如果想到你,我就會去買瓶咖啡。」

『咖啡跟我有什麼關連?』

「因為你愛喝咖啡。」她說,「買咖啡會覺得離你很近。」

『見個面就可以了。』

「還是會怕。」她說,「怕離不開、回不來。」

『妳想太多了。』

「只要見你,久了後一定會離不開。所以我只能壓抑想見你的念頭,
　卻無法壓抑想你的心情。」

她似乎用力握緊手中的鑰匙。

「買咖啡可以排解想念,也會讓我有我們在一起的錯覺。」她說,

「到現在,我的小冰箱裡已經滿滿的都是咖啡,可能裝不下了。」

『那妳還繼續買？』
「因為想念從沒停。」

雖然她對維持低溫得心應手，但也常常冷到快結冰時，
突然一把火把冰融化，甚至煮沸。

『冰箱裝不下了怎麼辦？』我問。
「不知道。」
『不然請室友喝？』
「她們也知道我不喝咖啡，一定會問幫誰買的？」
『那妳怎麼回？』
「反正我不想讓她們知道。」
『如果她們一直問妳為什麼呢？』

「對於自己喜愛的事物，我不用向任何人交代。」她說，
「沒有為什麼，就是愛而已。」
『但妳又不愛咖啡。』
「你一定要這麼白目嗎？」
『抱歉。』我笑了笑，她瞪我一眼。
「關於你，我不用向任何人交代。」她說。

『妳之前買的咖啡都給我喝吧。以後如果有買，也給我。』我說。
「我怕你喝不完。」
『我喝很快。』
「我買咖啡更快。」
她眼神很堅定，應該有十足把握。

『妳要不要考慮以後想見面時就見面？』我說，『這樣我才不會因為
　喝太多咖啡，咖啡因中毒。』
「我說了，我會怕。」
『之前不是說好一起下地獄嗎？所以妳是在說身體健康的嗎？』
她看了我一眼，眼神似乎有些驚慌，沒有回話。

我開始明白，擔心她背負太多壓力，不忍心她害怕、受苦，
所以我始終在漩渦中上不了岸。

『沒關係。就做妳覺得是對的事。』我說，『我沒立場要求妳改變或
　卸下武裝之類的，我不會，更不可能。』
「你有立場。」
『不管我有沒有立場，妳就做簡單自在的妳，維持妳的心跳和步伐，
　不需要改變什麼。』
「嗯。」她點點頭，「那你呢？」

『我也會做好我自己，然後期待春天會來、冰雪會融化。』我說，
『因為我相信，只有保持一顆真誠的心，才能等到春天來臨。』
「如果春天不來呢？」她問。
『那就再多等等看吧。』
「如果春天就是死都不來呢？」
『嗯……』我想了一下，『這是個好問題。』
她睜大眼睛看著我，似乎在等待我的回答。

『有些人值得等待，不管是用一個月、一年、十年，甚至一輩子。』
我看著她眼睛，『比方妳這個人。』

她的眼神突然很亮，好像濃霧和陰霾已散去的湖面。
『所以我還是相信春天會來的。』我笑了笑，『總有一天。』

「總有一天」是我這晚對她說的最後一句話。
然後她先進去，再拿了十罐咖啡出來給我。
「冰箱還有。」她說。
我點點頭，跟她揮揮手，帶著總共 11 罐咖啡騎機車回去。

回去後的第三天晚上，我正喝第 10 罐咖啡時，
在 MSN 看到她留的訊息：
「今晚 11 點打電話給我。」
我看了看錶，還有一小時。
在等待的時間裡，我喝完第 11 罐咖啡後，準時打給她。

「明天第六節下課後五分鐘，在 M 棟側門水池邊碰面。」她說，
「然後你陪我去買樣東西。」
『還是買咖啡嗎？』
「不是。以後不買咖啡了。」
『為什麼？』
「只要想見面時就見面，就不需要買咖啡。」

『妳不怕嗎？』我問。
「我已經不怕了。」
『真的嗎？』

「因為我已經離不開，也回不來了。」她說。

7.

重逢至今，過了 120 個日子。
但見面的次數，卻是少得可憐的七次。
見面的時間加起來，也不超過十個小時。

我知道她有紅線，知道她怕，但我總是想見她。
這些日子想見她的總次數，除以 120 天，
平均每天會有幾次想見她。
有的日子想見她的次數很少，只有一次。
只不過那個一次，是從早想到晚。

想她時偶爾會很苦，不是說想到她時會痛苦，
而是想得很深很深很想見她一面卻見不著時，是很痛苦的。
彷彿全身正被煎熬，完全無法逃脫或排解。
如果有天你變成虱目魚，躺在鍋子裡被油煎，
你就能體會我的那種痛苦了。

還好有 Line，偶爾有電話，算是保持聯絡，不至於斷了消息。
但有些人需要碰觸，比方她。
即使每天打電話和傳 Line，也不能取代她清澈深邃的雙眼，
和她的四分之三側面。
碰觸才有真實存在感，想念的心才會安定，不會飄浮。

有段話是這麼說的：

人的一生會遇到兩個人，一個驚豔了時光，一個溫柔了歲月。

對我而言，這兩個人都是她。

十幾年前的她，驚豔了我的時光；

而現在的她，則溫柔了我的歲月。

回首來時路，我很清楚自己為對方做了什麼、付出什麼，

也很清楚自己在想什麼，還有她在我心裡的分量。

但對她，卻不是那麼有把握。

這不是我不能感受，也不是我要求太多，

而是她總是把最真摯的情感藏得很深。

而且也因為她的語言表達障礙，讓我低估她情感的溫度。

她的一切早已不是我的逆鱗，我甚至急於想發掘與更新。

如今因為重逢，我了解以前所不知道的她的樣子；

也知道失去音訊的那段時間，她在想什麼。

她的樣子在我心裡更鮮明、更美好，更加無可取代。

所謂的重逢，是老天再給一次機會的意思嗎？

如果老天再給一次機會，我們是再走一次十幾年前走過的路？

或是重新走一條嶄新的路？

還是順其自然，在緣分終於盡了時，各自回到人生的正軌？

我想起一部電影：《Eternal Sunshine of the Spotless Mind》

在這部電影中，記憶是可以完全被刪除的。

男女主角因為爭吵、痛苦等，分別刪除了關於對方的所有記憶。

但當他們後來偶遇時,即使早已忘了彼此,以為對方是陌生人,
他們還是莫名其妙互相吸引,於是從頭來過。

原來即使忘掉一切,只要雙方仍是原來的樣子,
一旦相遇後還是會重新開始。
最美最深的記憶,早已不只存在於腦海,也進入了心靈。
腦中的記憶可以刪除,但那些記憶已成為心靈中的陽光,刪不掉。
也就是如片名所言:純潔心靈裡的永恆陽光。

現實中的我們重逢了,她依然是她、我也還是我。
但如果再來一次,可能要再經歷同樣的甜蜜、歡笑、痛苦、磨難,
也很可能走向同樣的結局。
那麼我們還想再來一次嗎?

我和她都在這世界上漂流,像激流中的兩根浮木。
有時被水流推近而碰觸,有時被水流推開而遠離。
我們其實都沒有能力決定流動的方向和目的地,
只能被水流推著走。
最終應該都會被沖進大海,然後在海浪和潮流拍打下,
我或許擱淺在某處沙灘;她或許被帶往深海繼續漂流。

有時想到這裡會覺得很難過,只能想辦法在兩根浮木碰觸時,
仔細記住對方的身影和氣味。
因為我早已沒有信心,也沒有把握,更不敢奢望,
我們最終都會擱淺在同一處沙灘,而且互相依偎著。

深夜時安靜又沒有干擾，總是理所當然地想著她；
但即使是忙碌的上班時間也常因為想到她，
想到我們之間的過去、現在與未來，而呈現短暫的放空。
「現在忙嗎？」
她傳來這句，喚醒了我，讓我回到桌上滿是報表的現實。
看了一下錶，下午三點多，一般她不會在上班時間 Line 我。

『算忙。怎麼了？』我回。
「沒事。只是想要在你很忙碌的時候吵你。」
『那現在就可以了。』
「不會害你工作做不完，甚至被老闆 fire 吧？」
『不會。』

「我今早開車上班途中，車子拋錨。」
『我工作即使做完做好，也可能被老闆 fire。因為我跟他起衝突。』
我們分別傳一句，兩句幾乎同時出現在手機螢幕。

「為了什麼事起衝突？」她回。
『那妳上班怎麼辦？』我回。
「衝突很激烈嗎？」
『上班有遲到嗎？車子現在如何？』
「不會是為了加薪之類的事吧？」
『那妳今天下班時怎麼回家？』

「我們兩個各說各話，真令人心安。」她回。
『嗯？』

看了一下對話紀錄，剛剛我們確實沒「對話」，是各說各話。

「這表示我們都把對方的事看得比自己重要。」她回。
『嗯。那我先回答妳。不是加薪之類的事，只是對老闆說道理時音量
　很大、順便罵他幾句而已。而他不是有度量的人。』
「那你應該是為了別人。」

『妳怎麼知道？』我回。
「我認識你多久了？」
『一輩子。』
「嗯。所以我知道你自己無所謂。但為了別人，你會奮不顧身。」
看著她傳的最後一句，我有點激動。
不必多解釋什麼她就自然明瞭一切，總是讓我的心不會寂寞。

「輪到我說。車子在修車廠，明天下午才會修好。我坐計程車上班，
　遲到半小時。今天下班搭同事的車回家。」她回。
『那明天上班怎麼辦？』
「或許搭計程車吧。」
『不如我去載妳上班？』
「好。」

『約幾點？』我回。
「六點半。」
『那麼早？』
「因為要一起吃早餐。」

『妳應該知道我沒吃早餐的習慣吧？』我回。

「我知道你以前不吃早餐。但現在你年紀大了，不幼稚了，也許知道
吃早餐對身體健康很重要，也開始懂得愛惜自己的身體，於是改掉
不吃早餐的壞習慣。」

她一向話少，所以碎碎念時其實還滿可愛的。

『好。明天六點半去載妳，一起吃早餐。』我回。

「謝謝你。幫了大忙。」

『只是載妳而已，沒什麼。』

「你肯吃早餐，讓我不用擔心，就是幫了大忙。」

我愣住了，一時之間無法回她。

「可以養成吃早餐的習慣嗎？」她回。

『好。』我沒有猶豫。

「你真的幫了很大很大的忙。」

其實我早上只是不吃固體食物而已，通常還是會喝杯咖啡。

這習慣好像是從大三開始，可能那時貪睡，早上出門上課總是匆忙，
來不及買早餐，久而久之便不吃早餐了。

以前她知道我沒吃早餐的習慣，但也沒說什麼。

今天才知道她竟然這麼擔心。

她總是可以很輕易的給我滿滿的力量，比方一個眼神、一句話語，
或是一份關心。

現在的我，彷彿可以攻頂喜馬拉雅山而不帶氧氣筒。

隔天早上 6 點 20 就在她家巷口等待，還是昏昏欲睡。

因為起碼比平時少睡了一個半小時。

她準時出現，打開車門，上了車。

我完全清醒了。

『到哪裡吃早餐？』我問。

「先直走。」她說。

我開車往前，穿過五個紅綠燈，她都沒開口。

『還有多遠？』我問。

「不遠。」她回答，「只是路很長而已。」

我笑了起來，她偶爾會說出這種看似矛盾的話。

她沒說什麼，只是看著我，我越笑越開心，好像停不了。

『再直走下去，可能會到台北。』我終於停止笑。

「沒錯。」

『是不是過頭了？』我問。

「是。」

『啊？』我嚇了一跳，『那妳怎麼不早說？』

「你在笑。」她說，「我不想打斷。」

『可是……』

「我希望你笑、喜歡你笑。這讓我覺得，你很開心。」

我略轉過頭看著她，她臉上帶著微笑，似乎很輕鬆、很滿足。

我也很滿足，因為我可以看到她的四分之三側面。

在找地方迴轉車時，我突然意識到，這樣的場景是我們的第一次。

這是我第一次開車載著她，她安靜地坐在我旁邊。
我突然有種我們都長大了的感覺，覺得以前的我們太年輕了。
以前的我們，總是做好即將面對風浪的心理準備；
而現在的我們，彷彿是經過風浪後，珍惜難得的平靜。

回顧過往，我腦中常會出現很多定格畫面。
這些定格畫面有的是我走在她左手邊；有的是我坐在她右手邊。
有的是我們同時仰望一個東西；有的是我們同時聆聽一種旋律。
所有的光與影、聲音與影像，在我心裡異常清晰。

現在我開著車，她坐在我右手邊，我們一起看著街景、紅綠燈。
從擋風玻璃看著這個世界、這個我們生活的城市。
緊閉車窗隔絕了外面的喧囂，車內只有我們的交談聲。
還有我剛剛的笑聲，和她微笑注視我的神情。
我相信即使多年以後，我還是會清晰看到這個定格畫面。

聶魯達的著名詩句：愛情太短，而遺忘太長。
這句話看似悲觀，也令人難過，但還是可以有另一個角度去解讀。
也就是說，如果所有在一起時的細碎回憶與定格畫面，
都必須用很久很久的時間才能忘記。
那麼不就表示幾乎是忘不掉？
既然忘不掉，可能趨近於永恆。

「前面右轉。」她說。
『好。』
「然後……」她拉長尾音。

『快到了嗎？』

「然後我看一下這方向對不對。」

我又笑了起來，她果然還是沒有方向感。

但這次我不敢笑太久，怕笑完後已經開到台北了。

「剛剛右轉的地方，應該要左轉。」過了一會，她說。

『那又得迴轉了。』我在心裡嘆了一口氣。

「人生不能迴轉。」她說，「開車時多迴轉幾次，彌補一下。」

『其實妳很有幽默感。』我笑了笑。

「我們現在這樣……」她眼睛看著前方，語氣很平和，「應該也像是
在人生中迴轉吧。」

我轉頭看了她一眼，她臉上掛著淡淡的笑。

然後我們保持沉默，這應該也會成為一個定格畫面。

終於到了早餐店，要迴轉兩次才能抵達的店。

太久沒吃早餐了，本想跟她點一樣的，她卻堅持要我選。

「我想知道你喜歡吃什麼。」她說。

我只好隨便點了一樣碰碰運氣，她卻點了其他兩樣。

『妳食量不是很小嗎？』我很驚訝，『難道妳早餐特別會吃？』

「多點幾樣，命中的機率才大。」她說。

『命中什麼？』

「你喜歡吃的東西。」她笑了笑，「而且反正你食量大。」

早餐的分量並不多，所以我們兩個吃三人份也還好。

雖然已經不是第一次和她一起吃飯，但看著坐在對面吃飯的她，
還是會感到很新鮮。
我突然覺得，我們好像從沒一起生活過。

所謂的「一起生活」，並不是狹義的住在一起過日子；
而是指日常生活中有更多交集，或是有共同目標，
或是一起注視某個地方、一起朝著某個方向前進。

她在Ａ星球生活，我在Ｂ星球生活。
然後我們在Ｃ星球交會，一起聊天、走路，看看Ｃ星球的一切。
短暫的交會過後，她回到Ａ星球、我回到Ｂ星球。
然後我在Ｂ星球想著Ａ星球的她，她在Ａ星球想著Ｂ星球的我。
十幾年前是這樣，現在似乎也是一樣。

在戀人的世界裡，沒有桃花源的存在，各處都有自己的美麗與哀愁。
我不知道其他戀人們的世界裡，什麼地方美麗？什麼地方哀愁？
但在我們的世界裡，美麗就是跳脫彼此的生活進入純粹美好的時空；
而哀愁就是無法讓那些純粹的美好，進入我們彼此的生活中。

「走吧。」她站起身，「上班不要遲到。」
我點點頭，也站起身，一起離開早餐店。
再度上車後，她從包裡拿出一瓶易開罐咖啡。

「你上班時可以喝。」她遞給我。
『這是從冰箱拿出來的？』我接下時，感覺有點冰。
「不然是從烤箱嗎？」

嗯，她吃飽了，像插上電的冰箱，可以製造低溫了。

『咖啡是妳特地買給我的？』我問。
「不是。」
『買給別人的？』
「也不是。」
『撿到的？』
「神經病。」

『我記得妳從不喝咖啡。』我很納悶，『妳買咖啡幹嘛？』
「我不想說。」
『喔。』
簡單應了一聲，算是結束話題。我直接開往她的上班地點。

『下班時，我載妳去修車廠？』抵達後，我說。
「不用麻煩了。」
『不麻煩。』
「會很麻煩。」
『哪裡麻煩？』
「我們在抬槓嗎？」

『我下班後順便來載妳去修車廠。』我說，『請問哪裡麻煩？』
「我今天上班的心情。」
『這跟心情有關？』
「我會一直期待下班時刻趕快到來，上班就無法專心。」
『喔。』

「你只會喔。」她下了車,「你不用來載我。快去上班吧。」

又結束了在 C 星球的短暫交會,她要回到 A 星球上班,

我也要開車到 B 星球上班了。

隨手摸了那罐咖啡,冰涼的觸感讓我靈光乍現。

我趕緊停車熄火,下車跑進她的上班大樓,在電梯口追上她。

『妳又開始買咖啡了?』

「嗯。」她說。

『我們到底在幹嘛?』我有點激動,『為什麼不想見就見呢?為什麼
 要搞成我像虱目魚、妳買自己根本不喝的咖啡呢?』

「虱目魚?」

『那是比喻。』

「莫名其妙的比喻。」

『虱目魚不是重點。』我說,『重點是妳買了咖啡又不能喝,又要放
 冰箱。冰箱滿了怎麼辦?』

「就讓它滿。」

『妳媽會覺得很奇怪吧?』

「我不在乎。」

『妳……』我一時語塞。

「其實我有喝。」她說。

『妳是說妳喝咖啡了?』我大吃一驚。

「不然是喝啤酒嗎?」

『可是妳喝咖啡會心悸啊。』

「我知道。」

『知道還喝？』

「不可以嗎？」

『當然不可以！』我音量變大。

她靜靜看著我，沒說什麼，似乎在等我平靜。

『妳為什麼要喝咖啡？』我音量回復正常。

「想知道是不是一樣。」她說。

『什麼一樣？』

「我喝咖啡會心悸，心跳忽快忽慢，有點暈眩，有時會呼吸困難。」

『所以呢？』

「跟想你時的心情，很像。」

我凝視著她，從她的眼睛看到一種以前從未見過的光芒。

這光芒讓我心下雪亮。

重逢至今，我感受到她的樣子跟以前一樣；

但又覺得好像有點不一樣，只是一直不知道哪裡不一樣？

現在突然醒悟，原來她變得很有勇氣。

她很膽小，又有語言表達障礙，很多感受從不說出口；

即使說出口，也只能淡然表達內心的洶湧。

或許她潛意識裡認為這是造成我們以前沒辦法在一起的原因，

才會留下遺憾。

於是重逢瞬間，為了彌補遺憾，她變得異常有勇氣，

敢於洩漏以前從不出口的感受。

她甚至說出很喜歡這種字眼，以前的她根本不可能說出口，
因為她從不把喜歡和愛掛在嘴邊。

雖然她從輕度語言表達障礙變成重度語言表達障礙，
但她卻同時有更多的勇氣去突破障礙，而且這勇氣似乎與日俱增。
於是我反而比以前更清楚知道她內心深處在想什麼。
就像她以前會買咖啡但不喝，而現在卻有莫名其妙的勇氣喝咖啡。

我也是一樣。
我是個優柔寡斷的人，現在也沒變，甚至只可能更嚴重。
面對自己一直想要把握住的人，也沒有伸手用力緊抓住她。
就像森林中的猴子，沒有伸手抓住新的樹藤，
便只能在原地盪來盪去。

或許我潛意識裡認為這是造成我們以前沒辦法在一起的原因，
於是突然擁有很強的決斷力，說要見她就見她，不管時間多晚，
不管已經有十幾年沒見了。
而想多留住她一會，就立刻折斷雨傘。
這種只想挽留她，完全不考慮其他，馬上說做就做的決斷力，
我以前根本沒有。

但這不是我真正的樣子，只是為了彌補遺憾而出現的反射動作。
也就是說，我的決斷力和她的勇氣，都只是彌補遺憾的反射動作。
我本質依然是個優柔寡斷的人，
她也始終膽小、有語言表達障礙。

「你再不走，上班會遲到。」她說。

『我不在乎。』

「可是我在乎。」

『喔。』

「你只會喔。」她說，「快去上班吧。」

『妳不要再喝咖啡了。』我說。

「要你管。」

『如果我偏要管呢？』

「好。讓你管。」她說，「然後呢？」

『然後……』

「要讓你管，你也不知道怎麼管。」她笑了起來，「快去上班吧。」

我也笑了起來，路過要搭電梯上班的人，應該會覺得我們瘋了。

『所以妳想到我時，心情就很糟糕？』我問。

「有時想得凶，就像喝咖啡時的心悸。」她說，「能不糟糕嗎？」

『喔。』

「你還是只會喔。」她說，「趕快去上班吧。」

『妳把咖啡都給我吧，別再喝了。』我說。

「好。」

『也不要再買咖啡了。』

「好。」

『妳怎麼這麼爽快說好？』

「只要你能快點去上班，我什麼都好。」

『妳還剩幾分鐘？』我問。

「十分鐘。」她看了看錶，「你呢？」

『也是十分鐘。只不過妳只要搭電梯到五樓，我還要開車。』

「你再不走，我要叫警衛了。」

『叫吧。』我說，『多叫幾個。』

「你真的會遲到。」她說。

『我知道。』

「知道還不快走？」

『不管了。』

不管了，我不要再當虱目魚。

再走一次十幾年前走過的路也好，重新走一條嶄新的路也罷；

當我們這兩根浮木碰觸時，每一分每一秒，

我都不想離開她的眼睛和她的四分之三側面。

即使我們好像從未一起生活，但我始終可以因她而驚豔，

而她在我心裡，也永遠溫柔的存在。

「候鳥每年春秋兩季沿著固定路線，往返於繁殖地和渡冬地。

　　如果你是候鳥，你認為哪裡才是故鄉？繁殖地？渡冬地？」

『如果我是候鳥，我不在乎故鄉在哪裡。』

「為什麼？」

『因為不管往哪飛、飛多遠，我總是思念著南方。』我說，

『而妳，就是我的南方。』

✈ ✈ ✈ ✈ ✈ ✈ ✈

春天到了，甚至提早。

我和她的大學生活剩下最後一個學期，畢業後會面臨離別。
對平時在一起的戀人而言，畢業後如果距離和環境的改變不大，
那麼可能只是彼此要學會調適而已。
但對我們而言，這種狀況很可能會致命。

我們之間的最大問題，在於每走一步，鞋裡的沙就會磨痛腳。
必須忍受一些痛苦才能往前走。
就像拿著一根長竹竿走鋼索的人，勉強維持平衡往前走。
但只要一隻鳥停在竹竿一端，就可能會讓牠失去平衡而摔落。
畢業後面臨的變數，可能就是那隻鳥。

我其實已做好心理準備，打算鳥停在右端時，雙手迅速往右移動；
鳥停在左端時，雙手迅速往左移動。
無論如何，我要讓竹竿保持水平，繼續向前走。

然而她在學期初告訴我，今年夏天結束後，她將到美國留學。
說這些話時，她坐在 M 棟側門水池邊的石椅，眼睛看著水面。
那時是黃昏，天氣晴朗，涼風徐徐，水面泛著陣陣漣漪。
但我心裡颳起狂風暴雨，水面波濤洶湧。

我們足足沉默了半個小時，直到天色昏暗。
「其實這樣很好。」她終於打破沉默，語氣很平淡，「以後應該不用

　壓抑，也不必克制，可以想說什麼就說什麼，或許想做什麼也可以
　就做什麼。」
原本看著水面的我轉頭看著她，但她雙眼始終注視著水面。

如果你在住院中，有天醫生突然告訴你：
從今天開始你可以愛吃什麼就吃什麼，不用擔心油膩、膽固醇，不必
運動或養生，而且喝酒、抽菸、熬夜都沒關係。
那麼這代表什麼呢？
我想應該是宣布你的死期，而且無藥可救，怎麼保養身體都沒用。

看來這隻停在竹竿的鳥，是隻巨大的老鷹。
我已經無法維持平衡，只能摔落。

從此之後，她絕口不提出國時間、念哪間學校、多久回來等等。
同樣地，我也是。
這大概是認識她以來，我們兩個最有默契的第二件事。

或許別的戀人知道死期後，會選擇提前結束；
但我們卻是好好珍惜剩下的日子。
見面的頻率比以前高，見面的時間比以前長，
見面時所做的事也比以前多。
可惜她說話時的平均溫度，並沒有比較熱。

然而我一直對她說的那句「其實這樣很好」耿耿於懷。
那句聽起來彷彿是鬆了一口氣，如釋重負。
有時胡思亂想，覺得她那句表達了「終於可以離開」的解脫。

她是認識我之前就有了出國的打算，還是認識我之後才有？
如果是認識我之後才想出國，是不是因為她始終離不開、回不來，
於是乾脆遠走國外，讓我們之間自然結束？

而我呢？
原已做好準備戰戰兢兢迎接任一隻鳥落在竹竿上的挑戰，
沒想到發現是隻老鷹後，卻立刻束手待斃。
我是不是也知道自己游不出她的漩渦、上不了岸，
於是潛意識裡在等待一個理由或力量拉我上岸？

這隻老鷹的出現，是我們共同的逃避？
還是最佳的解脫？

去看夕陽吧，珍惜太陽還掛在天上的時候。
我和她各騎一輛機車，約好在海邊碰面。
我本想載她就好，何必搞得這麼麻煩？但她卻堅持各騎一輛。
『妳不是說想做什麼就做什麼？』我說，『我想騎車載妳。』
「是我想做什麼就做什麼。」她說，「我想自己騎車。」

她總有些莫名其妙的堅持，即使死期快到了也是一樣。
除了認識她第一天時騎車載過她之外，以後就沒載過她了。
如果約在校外，我們總是先說好時間地點，然後各騎一輛機車去。
我會提早到，然後靜靜等她。而她總是遲到。

我也突然想到，她從不跟我一起吃飯。
我約過幾次，她總是拒絕，而且沒有理由。

剛開始時很納悶也很沮喪，後來習慣了，
便把這也當成是她莫名其妙的堅持。

她說約在海邊碰面就好，我只能苦笑。
她到底知不知道所謂的「海邊」有多大？
這跟「水池邊」完全是不一樣的概念。
還好她總是遲到，我便在海堤上來回快速走動，有時還跑步，
邊走邊睜大眼睛看她到了沒。
來回走了十分鐘，已經有點喘了，才終於看見她。

我走向她，她緩緩停好機車，收好安全帽。
「走吧。」她說。
『其實我跟時間一樣。』我說。
「嗯？」
『一直在走。』
「神經病。」

我們一起走上海堤，再走下海堤，踏進沙灘。
在沙灘上留下的腳印很工整，幾乎是四條筆直的線。
走到離海浪拍打盡頭前十公尺，她停下腳步。
『再往前一點？』我問。
「這距離是我的極限。」她說。
她坐了下來。我也坐了下來，在她右手邊。

『待會夕陽下山後，一起吃個飯？』我說。
「我那時應該還不會餓。」

『那就等餓了再吃。』

「我餓了也不吃。」

嗯，果然不跟我一起吃飯，而且沒有理由。

今天的夕陽很美，顏色是濃濃的黃。

也沒被雲層遮住，是個完整的圓。

氣溫很舒適，晴朗的天空只有少許白雲，海面很平靜。

這是個看夕陽的好天氣，這個沙灘也是看夕陽的絕佳地點。

「我很喜歡海。」她視線朝著正前方。

『其實妳跟海很像。』

「哪裡像？」

『都把東西藏得很深。』

她轉頭看我一眼，隨即視線又回到正前方。

「我也很喜歡夕陽。」她說。

『其實妳跟夕陽也很像。』

「也像夕陽？」她又轉頭看我，只是這次是定格。

『嗯。』我說，『同樣都是只要一轉身，天就黑了。』

「神經病。」她笑了起來，很燦爛的笑容。

我靜靜看著她燦爛的笑容，突然覺得很捨不得。

如果以後再也看不到她這種笑容，我一定會很寂寞。

我很努力記下她現在的笑容，嘴角揚起的弧度、眼尾滑下的曲線，

還有綻放出的溫暖。

『其實妳現在的笑容最像夕陽。』我説。

「為什麼？」

『明亮而不刺眼，溫度也剛好。』

她閃過一絲笑容，我也努力記下這如閃電般的笑容。

要記下的東西似乎很多，腦袋不曉得夠不夠用？

「有螃蟹。」她指著右前方。

『其實妳跟螃蟹也很像。』

「什麼都像。」她又笑了起來，「你乾脆説我不像什麼就好。」

『妳是真的像螃蟹。』

「哪裡像？」

『外表堅硬，內在柔軟。螃蟹把最柔軟的肉，包在最堅硬的殼裡。』

我看著她，『跟妳一樣，外表剛強，內心卻很柔軟。』

我們互望了幾秒，她才轉過頭。

「對你更是。」她説。

『對我是外表更剛強、內心更柔軟嗎？』我問。

「廢話。」

『是更柔軟的廢話？還是更不柔軟的廢話？』

「1。」

『可是妳説那句：其實這樣很好時，我覺得妳心很硬。』我説。

「胡説。」

『是很硬啊，比混凝土還硬。』

「根本沒硬。」

『如果不叫硬，難道叫沒有心嗎？』我說，『那妳的心在哪……』

「在你這。」她右手突然搥了一下我的心臟，也打斷我的話。
我說不出話來，只是靜靜看著她。
她的眼神帶著哀傷，眼窩很濕潤，幾乎要滿溢出眼角。

這是我們之間的第一次，溫柔的撞擊。
我永遠記得那瞬間，也永遠記得當下的感動。
那是整個人被電擊、體溫升高、心跳狂飆、血液沸騰、汗毛豎立、
雞皮疙瘩全部起來的感動。
她右手搥了我心臟的那瞬間，我的心臟便牢牢記住了她的溫度、
她的想法，和她的心。

喜歡一個人可能需要理由，但愛一個人則不必。
有時愛一個人是一種認定，你認定是就是。
我這輩子確定的東西不算多，但我很確定對她的認定。
我認定是她。

因為知道未來的不確定，或是害怕未來的不確定，
所以很希望有些東西是確定的、不會改變的。
還好我很確定，對她的認定。

我們互相凝視，在夕陽的照耀、海水的拍打、螃蟹的橫行中。
她的眼睛像是倒滿酒的酒杯，表面張力讓液體成為光滑的球面。
或許只要輕輕晃動，就會滿出來。
而我心頭很熱，眼角也濕潤。

透過眼球內液體的反射，我們應該更清楚看見彼此。

那是我們第一次發現彼此眼中映照出的，滿滿的，自己的容顏。

這或許是一種愛情最初始，也最美的狀態。

也是最純淨、光潔無暇的，對愛情的悸動與信仰。

佛說：你恨的人，來生不會再見，所以別在她身上浪費時間；

你愛的人，來生也不會再見，所以今生要好好對她。

她當然不是我恨的人，而且她會離開。

因為可能不會再見，所以更要好好對她。

夕陽快下山了，天色不像剛剛那樣明亮。

「對你，我始終很難說出內心真正感受的話。」她打破沈默。

『嗯。』我點點頭，表達可以理解她。

然後我們轉頭看著即將漸漸變暗的天空。

『唯一可以在白天看到的星星是什麼？』我問。

「不知道。」她搖搖頭。

『愛爾普蘭星。』

「有這種星星？」

『愛爾普蘭，Airplane。』我右手指著天空，『那裡就有一顆。』

「神經病。」

一架飛機緩緩在天空劃過，留下一道長長細細的白色噴射雲。

我伸手向天空抓一下，抓住那架飛機。

然後低頭閉上眼睛，心裡默念：我要跟她在一起。

「你閉著眼睛幹嘛？」她問。

『生命中最美好的東西都是看不見的，這就是為什麼我們會在接吻、
　哭泣、許願的時候閉上眼睛。』

「神經病。」她又問，「你到底在做什麼？」

『許願。』我說。

「許願？」

『嗯。』我說，『只要抓住 100 顆愛爾普蘭星，就可以許願。』

她睜大眼睛看著我，眼神充滿疑惑。

『夜空中劃過的流星，大家爭相許願，流星總是載了太多心願而急速
　墜落。還好白天也有緩慢移動的愛爾普蘭星，給人們帶來希望。』

「什麼希望？」

『傳說在天空看見愛爾普蘭星，只要伸手抓住它，再立刻許願。當妳
　抓完一百顆愛爾普蘭星時，妳的願望就能實現了。』

「這傳說很幼稚。」她說。

『或許幼稚。』我說，『但妳可以試著相信。』

「相信這幹嘛？」

『很多東西，妳一旦信了，就會存在。』我說，『信仰就是這樣。』

「你要我把這傳說當成信仰？」她問。

『可以試試。』

「嗯……」她猶豫了一會，「好。」

『那趕快。』我指著天空，『愛爾普蘭星還在，妳快抓。』

她緩緩伸手向著天空抓一下，再低頭閉上眼睛。

『願望不可以説出來，不然會無效。知道嗎？』我説。

「廢話。」她睜開眼睛。

『是知道的廢話？還是不知道的廢話？』

「1。」

『到時候妳坐的飛機，我也會朝著天空抓下。』我説。

她看著我，沒有回話，只是輕輕點個頭。

夕陽已下山，天色暗了下來，她的眼神顯得更明亮。

我站起身，雙手左右平伸，一步一步，向著海緩緩走去。

「你在幹嘛？」她問。

『繼續向前走。』

「神經病。」她有些驚慌，「你會走進海裡。」

『不管了。』

老鷹又如何？

再巨大的老鷹停在竹竿上，我也不管。

我只要拋掉竹竿，雙手平伸，還是有一絲希望可以維持平衡。

然後繼續向前走。

「很危險。」她快步走到我身邊，拉住我衣角，「別再往前了。」

『妳不是説，那距離是妳的極限？』我雙手依然左右平伸。

「嗯。」她拉了拉我衣角，「但我不能讓你一個人走進海裡。」

『那麼陪我一起走吧。』

她愣了愣，但在我又往前跨出一步時，她也跨出一步。

只剩下要抓住 99 顆愛爾普蘭星而已。

8.

又是盛夏時節，每年這時節常會莫名其妙想起她。
或許因為那是第一次遇見她時的天氣。
我記得那天的天氣非常炎熱，柏油路都快要被曬軟了。

屈指一算，遇見她至今已經 16 年了。
這個「屈指」，用三隻手都不夠算。
年輕時，覺得 10 年前的事彷彿上輩子那樣遙遠；
現在發現 16 年並沒有想像中那麼久，甚至似乎咻一聲就溜過去了。

重逢之前每年的盛夏，腦海會浮現出她中暑時我幫她澆水的畫面。
她穿深綠色 T 恤、白色長褲，T 恤的左胸前繡了一朵白色雛菊。
還好衣服幾乎是純粹的深綠，如果是白色或很淺的色，
澆完水後應該會有點透明，她醒來後搞不好會報警。

那時覺得她像一朵在山野間綻放的花，現在也是。
花很美，但我從沒有摘下的念頭，只想澆水。
讓她能永遠優雅地綻放。

突然想到跟她認識只差一天就滿 16 年的那晚，我失眠了。
認識她以來，因為她而失眠有好幾次。
有時是因為擔心；有時則只是純粹的想念，像這次一樣。
據說當你失眠的時候，你將會在別人的夢裡出現。

如果這句話是對的，那麼我是否會出現在她夢中？
如果我出現在她夢裡，又是一種什麼樣的夢境？

每當思念她的心非常殷切，整顆心就像被揪住。
我很希望能用寫的告訴她這種心情，或是用說的。
如果要用說的，我會不斷提醒自己下次見到她時要說什麼。
但總是會忘記某些想說的話，或是順序不對、說不完全。
可是用寫的，很難完整表達，也怕她較難理解。

這世上為什麼不發明一種可以讀心的機器呢？
她只要把 USB 插頭插入機器，機器另一端接上我的心，
那麼她就可以讀到我全部的心了。

假設真有這部機器，那麼當她讀取時，
會看到文字檔、聲音檔、影像檔。
文字檔的內容大概就是妳在做什麼、心情好不好……
然後會有幾頁空白。
檔案最後則只會出現我是虱目魚，我很想妳。

聲音檔是她說過的話，很清晰，像在耳邊訴說一樣。
也許她聽到自己的聲音會不習慣；
也許她聽到自己說過但卻忘了的事會不好意思。
但忘了沒關係，因為這些聲音都很小心翼翼被我保存著。

至於影像檔，就很精彩了。
所有的定格畫面，都是解析度很高的圖片。

而我們相處過的場景、去過的地方、一起做過的事，
都很完整的保留成一段段影片，可以播放。

最特別的是，有一個虛擬的影像檔，播放著尚未發生的影像。
那裡有一間小屋，我和她站在屋前遙望雨後的彩虹。
小屋附近有條長長的海堤，我和她坐在海堤上看夕陽；
夜裡，也並肩坐在海堤上仰頭看星星。

如果她每隔一段時間就讀取我的心，
她將發現文字檔幾乎沒變，還是充斥著我是虱目魚，我很想妳。
而聲音檔變大了，因為我會記下更多她所說的話。
影像檔也變多了，因為定格畫面會越來越多，
我和她相處過的場景也會越來越多。

只有一個不會變，檔案大小都一樣，就是那個虛擬的影像檔。
畫面依舊是小屋前的我和她遙望雨後的彩虹；
依舊是我和她並肩坐在海堤上看夕陽、看星星。
這個虛擬的影像檔，或許就是我的心願吧。

唉，怎麼睡都睡不著，乾脆下床坐在電腦前寫封 E-mail 給她。
把剛剛漫無邊際天馬行空胡思亂想的內容，試著寫出來。
我描述了那部可以讀心的機器，描述那些文字檔、聲音檔、影像檔。
她看信時，會不會以為我在寫科幻小說？

信的最後，寫上：
好了。這就是我的心的全部。

在這異常寂靜且失眠的深夜，我比較容易表達我的心。

雖然還不完整或精確，但已經很接近了。

請妳務必使用那部機器，讀取我的心。

然後 copy 一份，存在隨身碟或燒成 CD 都可以。

只要記得，當妳不安、懷疑、沮喪、心情煩悶……時，

請開啟。

把信寄出後，是夜最深的時候，再過半個小時，天就亮了。

再躺回床上，還是了無睡意。

沒想到重逢之後失眠時的思考模式，跟十幾年前一樣。

連下床寫封 E-mail 給她的行為也一樣，看來我根本沒長進。

失眠造成的影響和後果，會反映在隔天。

學生時代還好，頂多上課時打瞌睡，或許被老師丟粉筆；

現在坐辦公桌，如果還打瞌睡，大概會被老闆炒魷魚。

失眠的隔天，我上班時莫名其妙想起楊過和小龍女。

以前看《神鵰俠侶》時，覺得楊過和小龍女隔了 16 年才重逢，

實在太久了，真不知道怎麼熬？

而且 16 年後才重逢，兩人感情還在？依然熟悉？

那時覺得不太可能，現在卻覺得理所當然。

一時興起，把自己 Line 的名字改成 YangGo。

「為什麼改名叫 YangGo ？」幾個小時後，她傳來。

『楊過。』我回。

「神經病。」

『請妳也改名吧。改成 SmallDragonGirl，小龍女。』

「我不陪你發神經。」

『今晚有空嗎？』我回。

「要加班。怎麼了？」

『喔。那沒關係。』

「如果不用加班到很晚，再看看。」

『好。』

今天是認識她剛好滿 16 年的日子，本想約她出來見面走走，
但她說了再看看，我也不方便再說下去。
而且通常她的「再看看」，是即使看到眼睛脫窗，
也看不到任何東西。

下班後回家，吃完飯洗完澡後，倒頭就睡，因為得補眠。
睡到一半被手機鈴聲吵醒，她打來的，我立刻清醒。

「我在黃金海岸。」她說。

『妳一個人去嗎？』

「廢話。」

『是一個人的廢話？還是跟人去的廢話？』

「1 。」

『現在幾點？』

「快 11 點了。」

『這麼晚了？』我嚇了一跳，『深夜的海邊很危險。』

「還好。這裡還有一些人。」

『我馬上過去。』

「好。」

『不要站在定點等，要……』

「要走來走去，以免被陌生人搭訕。」她打斷我。

『總之自己小心。我現在就過去。』我說。

「黃金海岸有好幾公里長，你知道我在哪裡？」

『這……』

「有間白色小屋，牆壁寫著：聽潮。我在小屋前的海堤上。」

『好。』

「小心騎車。」她說。

我立刻衝下樓開車，開到黃金海岸應該要 15 分鐘。

雖然黃金海岸很長，但幾乎沒住家，找間白色小屋應該不難。

看到第一間小屋時馬上停車，但夜裡顏色難辨，那間其實是淺黃色，

而且牆壁寫的是：請勿在此停車。

第二間小屋就對了，白色平房，牆壁上寫著：聽潮這兩個黑字。

我停好車，下車走到離小屋 20 公尺遠的海堤邊。

一爬上海堤，便看見她坐在十公尺外，面向大海。

『小姐。』我走近她右手邊，『等人嗎？』

「不是。」她沒轉頭，「我等猴子。」

我愣了愣，沒有回話。

「我等猴子來抓住我。」她說。

我記得很清楚，這是 15 年前的七夕那晚，她說的話。

那時她在台北補托福，我去找她，一見面時她就這麼說。

到現在猴子還是沒抓住她，而她依然在等嗎？

我在她右手邊坐下，跟她並肩。

不遠處有兩對男女在海堤上牽著手漫步，

沙灘上至少也有十幾對男女或駐足、或坐下、或踩著沙行走。

印象中這裡的深夜很荒涼，今晚算很熱鬧了。

『不是叫妳不要站在定點等嗎？』我說。

「我是坐著等，不是站著。」

『都一樣。』我說，『要走來走去，以免被陌生人搭訕。』

「今晚如果孤身一個女孩在這裡走來走去，人家會以為她想跳海。」

『為什麼？』我很納悶。

「今天是七夕。」她說。

『真的嗎？』我很驚訝。

「嗯。」她點點頭，「剛聽到路過的男女說的。」

『所以妳才打電話叫我來？』我問。

「不是。」她搖搖頭，「打完電話後，我才聽到今天是七夕。」

『喔。』

16 年前的這天，只是 8 月其中一個普通的炎熱日子；

沒想到 16 年後的這天，剛好遇上七夕。

記得我大學時代，在七夕的夜晚，這裡沙灘上滿是看星星的男女。

而今年沙灘上的男女卻是零零落落、稀稀疏疏。

以後的七夕，還有誰會記得抬頭看星星？

七夕的牛郎織女，總是盼了一整年之後，藉著鵲橋，終得一見。

而現代的男女，通常是透過網路連結再連結之後的萍水之緣。

時代變了。

如果時代沒變，那就是我變了。

「昨晚我有夢見你。」她說。

『夢到什麼？』

「很像那年七夕，你來台北找我的場景。」她說，「夢裡的我們走到
　巷口，我告訴你，我的決定。可是你還是優柔寡斷。」

『妳的決定是什麼？』

「我不想說。」

『喔。』

「反正夢裡的我很壞，一直質問你：為什麼總是優柔寡斷？」

『妳不壞。相反的，妳總是那麼美好，即使任性和固執。』

我嘆口氣，『而且妳是該質問。』

「我……」她終於抬起頭看著星空，「從不想給你任何壓力。」

我也抬起頭仰望星空。

今夜天氣很好，這裡也沒市區的燈火通明，又是開闊的海邊，

因此可以看到夜空中繁星點點。

哪顆是牛郎星、哪顆是織女星並不重要，只要我和她並肩坐著，

一起仰頭看著星空，那就是幸福無比的事。

『妳今晚來海邊是？』我看著星空，問。

「看星星。」她看著星空，回答。

『為什麼突然想看星星？』

「你信上不是說，有個虛擬的影像檔，裡面有我們並肩坐在海堤上
　一起仰頭看星星的畫面？」

我心頭一震。

在我的虛擬影像檔中，我和她並肩坐在小屋附近長長的海堤上，

一起仰頭看星星的畫面……

跟現在很像啊。

這裡就是白色平房附近長長的海堤，

而我跟她正並肩坐著一起仰頭看星星啊。

「我讓這虛擬的影像檔成真，不好嗎？」她轉頭看著我。

我也看著她，一股暖流湧上心頭，說不出話來。

「而且小屋也有了。」她說，「不過你沒提到小屋是什麼顏色？」

『妳喜歡什麼顏色，就是什麼顏色。』

「白色很好。」

『那就是白色。』

「記得更改檔案目錄夾。」她說。

『嗯？』

「並肩坐在海堤上一起仰頭看星星的畫面，已經是發生過的影像檔，
　不再是虛擬的影像檔了。」

『現在馬上改。』我右手按住心臟，過了幾秒後說：『改好了。』

「嗯。」她笑了笑，「很有決斷力。」

『16年了，應該要有所長進。』我說，『妳知道今天是我們認識16
　週年的日子吧？』
「廢話。」
『是知道的廢話？還是不知道的廢話？』
「1。」

我們同時沉默，然後一起仰望星空。
或許此刻我們都在回憶這16年來的點點滴滴。
雖然這期間大多數時間是空白的顏色，
但在少數時間的交會過程中，色彩卻是豐富而燦爛。
即使交會時所走的路並不長，但每一個腳印都很深刻且清晰，
不論是她的腳印或是我的腳印。

「人生好比蚊香，不斷轉圈圈，最後只剩下灰燼。」她先打破沉默。
『但還是會捉到很多蚊子。』我說。
「沒錯。」她微微一笑。
我也笑了笑，感覺夜空中的星星突然變得明亮。

「很多東西一開始都是新鮮的，行為或動作都很積極，但時間一久，
　有些東西就開始試圖回到原點。」她說。
『原點？』
「比方就像我們一起走走，常常是不管我們走多遠、走了多久，最後
　都會回到原點。」
『那是因為妳沒有特定的目的地，只是走走。而遇到岔路總是右轉，
　因此常常會順時針繞一圈。』我笑了起來，『才會走回原點。』
她瞪了我一眼，我立刻止住笑。

「我意思是，即使我們走了 16 年，會不會還是回到原點？」她說。

『如果是這樣，那麼這個原點，就是我們相遇時的點。』

「為什麼？」

『因為在相遇的那一刻，我的心就已完整，而且不會改變。』我說，

『不管再走多久、再走多長，我的心都會在原點。』

她的眼神變得清澈明亮，像是幾乎可清澈見底的湖面。

而夜空中的星星也變得更亮，一閃一閃的，好像在微笑。

『16 年了，雖然其中 14 年多我們毫無交集，但我應該沒變吧。』

「什麼沒變？」她問。

『對妳。』

「所以你對我還是一樣嗎？」

『嗯。』我點點頭，『而且更確定。』

她睜大眼睛看著我，眼神像等待陽光照射的湖面。

『妳知道喜歡和愛的區別嗎？』我問。

「可能是感覺的差異。」她說，「但有時很難區別吧？」

『喜歡和愛的區別很簡單。』我說，『如果妳愛花，妳會給它澆水；

如果妳喜歡花，則會摘下它。』

「嗯。」

『16 年前的今天，我第一次見到妳，就幫妳澆水了。』

她身體微微一震，嘴唇微張，但沒發出聲音。

『現在也是只想澆水。』我說。

她嘴角揚起，如閃電般笑了一下。

陽光出來了，照射在湖面上，金黃色波光閃閃，耀眼動人。

她的眼神散發出光芒，幾乎可以照亮夜空。

我的心一直在原點，毫無疑問。

而她深邃清澈的雙眼、完美的四分之三側面、如閃電般的笑容……

也在原點。

『看過《借物少女艾莉緹》這部動畫電影嗎？』我問。

「嗯。」她點點頭。

『最後男主角翔對艾莉緹說：我永遠不會忘記妳。因為妳已經是我

　心裡的一部分。』

「我知道。」她又點點頭。

『妳已經是我心裡的一部分。』我說，『16 年也好，再過 16 年也罷，

　不管時間過了多久、不管我變得多老，妳都將是我心裡的一部分。

　不可分割，永遠溫柔的存在。』

我們凝視彼此，她的眼神比天上的星星還亮。

「偶爾我會迷失方向，偶爾會忘了感動，偶爾會遺落某些記憶。」

她說，「但跟你的這一段，我從來不曾迷失、忘了或遺落。」

『嗯。』我微微點了下頭。

「如果要我用一句話形容跟你的這一段，那就是無可取代的美好。」

她仰起頭，朝著星空再說一次，「無可取代的美好。」

我很感動。同時覺得現在的她，似乎沒有語言表達障礙。

「我現在很有勇氣。」她說。

『沒有語言表達障礙了？』

「雖然還有，但應該說得出口。」

『真的嗎？』

「你可以問。」

『收到我昨晚寫的信，妳的感覺？』我問。

「其實我比你嚴重。」她說，「扣掉睡眠時間外，醒著的時間，不管
　我做什麼，平均每個鐘頭都會想到你。想你在哪、在做什麼？」

我有些激動，感覺心跳加速，血液沸騰。一時之間說不出話。

「你可以再問。」她說。

『可以牽妳的手嗎？』我問。

「不可以問這種問題。」

『但我就是想問這種問題。』

「好。你可以問。」

『可以牽妳的手嗎？』我又問。

「不行。」

『只是一下下而已。』

「不行。」她說，「因為我怕一牽了後，我就不想放開。」

「你可以再問。」

『如果我是花，妳會澆水？還是摘下？』

「我不需要用暗示或比喻。」她說，「對你，我……」

我等了一會，她始終沒往下說，似乎只是微微脹紅著臉。

「很愛很愛。」她終於說。

「以後這個問題不要再問了。」她說。

『為什麼？』

「因為我的答案不會變。」

那是今年七夕這晚，她所說的倒數第二句話。

她說的最後一句話大約在凌晨一點，「該走了。」

我說的最後一句話是：『嗯。』

我們各自開車回家。

開車時，整個腦子都是並肩坐在海堤上一起看星星的定格畫面。

腦海裡也迴盪著她的聲音，很清晰，像在耳邊說話。

回到家，準備要躺下睡覺時，手機傳來響聲，是 Line。

「晚安。16 週年快樂。」

是一個叫 SmallDragonGirl 的人，傳給 YangGo。

『雖然風雨的路還很長，但我的心滿滿的，因為妳結結實實地

住在我心裡。或許我們始終無法在一起，但不管路有多長、

風雨多大，都只是將來我們一起看夕陽時談笑的話題而已。

而且只有風雨過後，天空才會出現美麗的彩虹。』我說，

『小蘋。風雨的路會停，然後我們一起看雨後的彩虹。』

✈ ✈ ✈ ✈ ✈ ✈ ✈

夏天才剛到，我們便相隔 300 公里。

五月底畢業考考完，沒等六月初的畢業典禮結束，她就上台北了。
而我，因為考上本校的研究所，便開始放暑假等九月中開學。
她告訴我，認識我之前就打算出國念書，平時也積極準備考托福。
上台北是去補托福，三個月加強班的那種。

她借住親戚家，於是又給了我第三組數字，是親戚家的電話號碼。
在親戚家不方便深夜講電話，也不能講太久，我也不好意思常打。
她偶爾會在兩座城市之間移動，而且移動的時間未必是假日。
如果回台南，也未必回家，可能待在住宿地方。
每當我很想找她說話，只能循環撥打三組數字——
家裡的、住宿地方的、親戚家的電話號碼，但通常找不到她。

她已經很少使用 MSN，所以在 MSN 留訊息給她的意義也不大了。
往往她看到訊息時，都已經過了好幾天。
因此我辦了支手機，讓她可以隨時找到我。
我很希望她也辦手機，但她覺得沒必要。
「用不了多久。」她說。

她在台北補托福期間，如果我們有通電話，通常是她打我手機。
但她卻很少打。
而且手機電話費太貴，根本不敢講太久。
我曾要她撥通我手機後，馬上掛斷，我再打那三組號碼其中之一。

「不用了。」她說,「我們得為不久將來的離別,先做熱身。」

這說法也有道理,不然如果習慣通電話,將來她到美國時怎麼辦?
趁現在慢慢習慣久久講一次電話,以後相隔萬里時才不會太難受。
好,就把這 300 公里的離別當熱身,準備應付一萬公里的離別。

然而思念無法先做熱身準備。
你可以試著養成很少講電話的習慣,以應付將來很難講電話的狀況;
但無法養成不思念的習慣去因應將來的離別。
相反的,越是比以前更少互通音訊,越是想念。

尤其在深夜,思念的浪潮排山倒海而來,只能被吞噬。
在第一次因為思念她而失眠的深夜,我下床寫了封 E-mail 給她。

曾經跟妳說過,我特別喜歡在深夜想念妳。
但從沒想過,會因為想念妳而失眠。
思念是需要排遣的,也需要找個出口。
或許在深夜寫信是個好方法。

有些東西是假的,比方吳宗憲說他很帥。
有些東西可能是真的,比方吳宗憲說他是混蛋。
有些東西應該是真的,比方吳宗憲說他很花心。

但總有些東西是真的,而且是如同太陽般閃閃發亮的真。
比方現在坐在電腦前寫信的我,正毫無保留地想著妳。

謝謝妳讓我在每一個深夜，都可以因為妳而不寂寞。

如果可以，請妳允許，讓我保留在深夜裡思念妳的習慣。

直到太陽不再閃閃發亮為止。

腦中的思緒既多又雜，敲打鍵盤打出的文字卻是簡單而寥寥。

雖然 E-mail 可以立刻送達，但這封 E-mail 恐怕跟手寫的信一樣。

如果是用手寫信貼郵票寄出時，對方可能要過幾天才收到；

而這封 E-mail 雖然一按鍵就馬上送到她的信箱，

但她過幾天再開電腦讀取，也同樣是要過幾天才能讀到信。

白天時也常會突然想起她，然後就會出神。

比方吃飯時會忘了咀嚼；喝咖啡時會忘了燙而一口喝下；

走路時會突然凍結，然後被後面的人撞上；

騎機車時經過路口會一直向前，忘了右轉回家。

她在台北的日子我常抬起頭看看天空，尋找愛爾普蘭星。

只可惜很難發現飛機的蹤影，我抬頭了三個多月，

才抓到三顆愛爾普蘭星。平均一個月抓一顆。

如果是戰時，敵機常來轟炸，那大概一個月就可抓完 100 顆。

只要僥倖不被炸死的話。

8 月初一個正常炎熱的日子，正打算睡午覺時，她打手機給我。

「15 分鐘後，可以到我家巷口嗎？」

『沒問題。』我說。

當然沒問題，我 10 分鐘就到了。

算了算，她到台北兩個半月了，這次才第三次見她。

把很少見面也當熱身好了，因為以後她在美國恐怕是難得一見了。

我等了 10 分鐘後她才下樓，抱著一盆綠色植物。

照理說我應該對她抱著一盆植物感到好奇或驚訝，

但我視線完全集中在她身上，沒看那盆植物第二眼。

即使她抱著一顆炸彈，我大概也不在乎。

「我們先找個地方再說。」她說。

『喔。』

我跟她並肩走著，心裡很納悶她要找什麼地方？

只走了五分鐘，她在附近中學圍牆邊的長椅上坐了下來。

我也坐下，在她身旁，我們中間是那盆植物。

「這叫舞草，也叫跳舞草、情人草等。日本人叫舞萩。」她說，

「我喜歡舞萩這名字。」

『那就叫舞萩。』我說。

這植物約 40 公分高，葉子是由三片長橢圓形的葉子組成的複葉。

頂端有一些兩側對生的細長小葉，但比長橢圓形的葉子小得多。

所有葉子的顏色都很青翠。

「舞萩是世界上唯一會隨音樂舞動的植物。」她說，「只要光照夠、

聲音振動夠強，舞萩就會跳舞。」

『真的嗎？』我開始好奇了，『妳試過？』

「我試過。」

『妳怎麼試？』

「唱歌。」她說，「但好像沒什麼動。」

『那我知道了。』我說。

「你知道什麼？」

『妳聲音較低沉，聲音的溫度也很低，難怪舞萩不想跳舞。』

「最好是。」

『不然妳再試一次。』我說，『這次改用尖叫。』

「神經病。」她瞪我一眼。

『妳是唱哪首歌來試？』我問。

「晏幾道的〈臨江仙〉。」

『宋詞太深奧了。』我笑了笑，『難怪舞萩聽不懂。』

「不然你來試。」

『我？』

「嗯。」她說，「而且也要唱晏幾道的〈臨江仙〉。」

『好。』

「你會唱？」她似乎很驚訝。

『會。』

「你真的會唱？」她更驚訝了。

『妳很訝異嗎？』

她睜大眼睛看著我，一副難以置信的模樣。

光天化日之下，在公共場合唱歌其實是件尷尬的事。

還好這裡算僻靜，現在四周也沒什麼人走動。

我清了清喉嚨，準備開口唱……

「你真的會唱？」她又問。

『會。』突然被打斷，我差點岔了氣。

「那你唱吧。」

> 夢後樓台高鎖，酒醒簾幕低垂。
> 去年春恨卻來時，落花人獨立，
> 微雨燕雙飛。
> 記得小蘋初見，兩重心字羅衣。
> 琵琶弦上說相思，當時明月在，
> 曾照彩雲歸。

舞萩動了，頂端兩片對生的側小葉不停地擺動。

也許應該說，舞萩開始跳舞了。

它舞動時有如蝴蝶振翅，也像體操中婀娜多姿的優美動作。

時而一片小葉向上，另一片向下；時而左右輕輕扭動。

好像隨著我的歌聲婆娑起舞。

尤其唱到「小蘋」時，可能是我的錯覺，我發現舞萩跳得更快。

我突然想到，我不曾用專有名詞叫過她。

她叫林秋蘋，熟一點的人或許該叫她小蘋。

但別說小蘋了，連秋蘋、林秋蘋等，我都不曾叫過。

只有打電話時，基於禮貌，電話一接通便問：『請問林秋蘋在嗎？』

除此之外，完全沒有。

正納悶為什麼我從未用專有名詞叫她時，我發現她似乎很激動。

「舞萩……」她有些哽咽,「真的會跳舞。」

『妳應該早就知道了,不是嗎?』

「可是我是第一次親眼看到。」

她突然流眼淚,淚如泉湧。

彷彿眼睛裡有碎片,眼淚必須要一直流一直流才能讓碎片流出來。

『怎麼了?』

這是我第一次看見她哭,我有點驚慌失措。

「沒事。」她右手朝我揮揮手,左手掏出面紙擦拭眼淚。

我靜靜看著她,想等她哭完,不再流淚為止。

而她只是專心流眼淚,要讓眼睛裡的碎片流出來才會停。

「在我們不知道的領域裡,植物有自己的感官。」她終於止住淚。

『嗯。』

「或許我也像舞萩一樣,有一個不為人知的感官。這感官連我自己
　都不知道。」

『那是第六感嗎?』

「或許是,或許不是。」她說,「我不清楚,而且也不重要。」

『喔。』

『妳今天為什麼帶舞萩給我看?』我問。

「沒有為什麼。」

『那妳剛剛為什麼哭?』

「我不想說。」

『喔。』

「總之，我決定了。」她說。

『妳決定了什麼？』

「我不想說。」

『喔。』

「你只會喔。」

『我也決定了。』我說。

「你決定了什麼？」

『以後我可以叫妳小蘋嗎？』

「你喜歡怎麼叫就怎麼叫。」

『喔。』

「你只會喔。」她瞪我一眼。

「我明天上台北。」她說，「你後天有空嗎？」

『有空。』

「後天晚上我九點半下課，你可以在補習班門口等我嗎？」

『好。』

「不好。」她搖搖頭。

『啊？』

「你還要搭車回來，太晚了。」

『妳可以留我過夜啊。』

「神經病。」她瞪我一眼。

『反正隔天沒事，我搭夜車回來就好。』我笑了笑。

雖然很好奇她為什麼抱著舞萩出現？

更好奇當她看到舞荻舞動時，為什麼突然淚流不止？

但她既然不想說，我再問也是白搭。

何況能到台北跟她見面，讓我非常興奮。

那種興奮感會蓋過所有好奇心。

我搭四點多的火車，到台北時還不到九點。

補習班在火車站附近，走路過去應該不用 10 分鐘。

走出火車站，看到路邊花店立了一張牌子：七夕鮮花大特價。

我才知道今天是七夕。

老闆慫恿我買花，我心動了，甚至覺得不買花會對不起國家民族。

花被包成一束束，但只有兩種：三朵紅玫瑰和五朵粉紅玫瑰。

本來想買三朵紅玫瑰那束，但三朵紅玫瑰 150，五朵粉紅玫瑰 200，

以單價而言，粉紅玫瑰較便宜。

所以我改買五朵粉紅玫瑰。

到了補習班，還不到 9 點 20。

在門口拿著花等人很怪，便走到三間房子外，雙手拿花藏在背後，

背部斜斜靠在柱子呈現完美的 15 度角。

眼睛注視著從補習班走出的人，靜靜等她出現。

9 點 40，她走出補習班，在牆邊停下腳步。

我立刻走向她，雙手還是拿花藏在背後。

『小姐。』我走近她右手邊，『等人嗎？』

「不是。」她回答，「我等猴子。」

我愣了愣，來不及回話。

「我等猴子來抓住我。」她說。

我完全愣住，不知道怎麼回應。

「你的手在幹嘛？」她問。

『喔。』我回過神，雙手把花遞向她，『情人節快樂。』

她先是一愣，然後伸手接過花束。

「買花實在沒必要。」她面無表情，語氣還是低溫。

我覺得很沮喪，剛剛應該買三朵紅玫瑰那束才對。

以總價而言，紅玫瑰較便宜，損失較少。

我們一起等公車，再一起坐公車。

經過六站左右，最後一起下車。

「累不累？」下車後，她問。

『坐公車不會累。』

「我問的是火車。」

『我坐火車時都在睡覺，所以不知道火車累不累。』

「神經病。」但她笑了。

我們並肩走著，天空好像飄了一些雨絲。

但雨太小了，幾乎沒人打傘。

「你晚餐有吃嗎？」她問。

『在火車上有吃便當。』

「哦。」她說，「本想如果你還沒吃，可以一起吃點東西。」

『啊？』我大吃一驚，『竟然可以一起吃飯？』

「你很訝異嗎？」

『那妳當我沒吃吧。』我說。

「神經病。吃了就吃了。」她說。

我很扼腕，早知道就不在火車上吃便當了。

但我真的很訝異，為什麼她已經可以跟我一起吃飯了？

我們接下來都沒開口，只是並肩走著。

雨絲還是飄著，這樣也好，讓原本盛夏的夜晚不再酷熱。

走到一盞水銀燈照射下的巷口，她停下腳步。

「我就住這巷子裡。」她說。

『下了公車後還要走 20 幾分鐘耶。』我看了看錶，『妳每天這樣走
    不會累嗎？』

「我剛剛提早兩站下車。」她說，「平時只要走三分鐘。」

『為什麼提早下車？』

「想陪你多走走。」

我看了看她，水銀燈映照著她，她整個人變得很明亮。

「剩下的路，我一個人走吧。」她說。

『為什麼？』

「我怕講出不該講不會講也不想講卻忍不住講出口的事。」

『妳補英文補過頭了。』我笑了笑，『講中文好嗎？』

「總之，我自己走。」

『是什麼事？』我問。

「剛說了，不該講、不能講、也不想講。」

『透露一點就好？』

「再兩個禮拜課程就結束了，到時我會回去。」她猶豫一下，「或許
　回去後，再看看吧。」
『妳的再看看，通常看不到任何東西。』我說。
她看著我，欲言又止。

「總之，那件事跟我的決定有關。」她說。
『什麼決定？』
「這決定跟你無關。」
『喔。』
「你只會喔。」

『那是因為妳只會不說。』我說。
「你回嘴了。」
『是啊。』我笑了起來，『膽子突然變大了。』
她也笑了起來，很燦爛的笑容。

「很晚了，你趕快坐車回去。」她說。
『可是……』
「不要擔心我的決定，那決定不是壞事。」
『到底是什麼決定？』
「你只要記得，那決定跟你無關，你不要有壓力。」
『壓力？』
「我走了。」

她說完後，轉身低頭默默往前走，沒有回頭。
雖然有股衝動想追上去，但我一直待在原地，注視著她的背影。

直到她的背影越來越暗、越來越淡，最終消失不見。

我始終不知道她的決定是什麼？
但我相信她所說的，那決定不是壞事。
小蘋，妳有妳的決定，我也有我的決定。

我決定要盡一切力量，克服一萬公里的離別。

9.

夏天快結束了，秋天即將來到。

我最怕這種時節，因為十幾年前她就是在夏末秋初時到美國。

那時我深刻體會「愁」字的意義：

秋入我心，心上有秋，如何不愁？

雖然絕口不提出國這件事是那時我和她之間的默契，

但她應該可以在出國前夕，打個電話跟我說；

如果說不出口，在 MSN 留訊息或寫封 E-mail 給我也行吧？

再不然，到了美國後再通知我應該也不難。

可是她完全斷了音訊，什麼話都沒說、什麼字也沒留。

過了幾個月，我才接受她離開台灣而且不想再跟我聯絡的殘酷事實。

接受事實只要花幾個月，撫平傷痛卻要花好幾年。

搞不好即使過了十幾年，也還是隱隱作痛。

就像我現在，想起這段過往，還是會莫名感傷。

沒想到重逢已半年，這種感傷卻依舊。

手機突然響起，她打來的。

「你現在在做什麼？」她問。

『感傷。』

「怎麼了？」

『拔河時摔得遍體鱗傷。』

「嗯？」

『沒事。』我說，『妳找我？』

「廢話。」

『是找我的廢話？還是不找我的廢話？』

「1。」她說，「有空嗎？」

『有。』

「我在黃金海岸。」她說。

『我現在過去。』我說，『還是那間白色小屋？』

「嗯。」

掛上電話，我趕緊開車出門。

今天是星期六，重逢至今她從未在假日時打電話給我。

所以我有點納悶。

還沒想出答案時，我已到了那間白色小屋。

停好車，下車走到海堤上，她依然坐在十公尺外，面向大海。

我走到她右手邊，坐了下來，陪她一起看海。

「視線要稍微往上一點點。」她說。

『往上一點點？』

「因為主角是夕陽，不是海。」

『喔。』我恍然大悟，『所以妳是特地約我出來看夕陽？』

「嗯。」

現在時間還早，大概還要一個半小時太陽才會下山。

嚴格來說，此時的太陽還不算夕陽。

但無所謂，即使是日正當中的太陽終會變成夕陽，

然後一定會下山。

想起十幾年前，我們走下海堤坐在沙灘上看夕陽；

如今是坐在海堤上看夕陽。

這算進步？還是退步？

以距離的角度而言，此處離夕陽更遠一點點，算退步；

但以時間的角度而言，此刻可以看夕陽更久，算進步。

「還是要記得更改檔案目錄夾。」她說。

『嗯？』

「虛擬的影像檔。」

『喔。』

這時才算真正的恍然大悟，原來她又是想讓虛擬的影像檔成真。

我很感動。

在我的虛擬影像檔中，主要有三個畫面：

遙望雨後的彩虹、坐在海堤上看夕陽和星星。

如今和她並肩坐在海堤上看夕陽、看星星的畫面都已成真。

『只剩一起遙望雨後的彩虹。』我說，『不知道何時才有機會？』

「其實我們有過機會看雨後的彩虹。」她說。

『真的嗎？』我很驚訝。

「就是我半年前打你手機那天，也就是重逢那天。」

我想起來了，那天她突然打來，第一句話就是：
你現在可以看到彩虹嗎？

『所以妳是因為看到彩虹，才突然跟我聯絡？』我問。
「嗯。」她點點頭。
『這理由太奇怪了。』
「我說過了，就像老天突然下雨，我會當作老天的暗示。」她說，
　「看到雨後的彩虹，也算是老天給的暗示吧。」

『如果半年前那通電話，我回答沒有看到彩虹呢？』我說。
「那我立刻掛電話。」她說。
『為什麼？』
「出國前夕，我決定從此不再跟你有任何聯繫。」她說，「只是因為
　看到彩虹，我才打給你。如果你沒看到彩虹，那就算了。」

為什麼隔了十四年又五個月後，她會突然聯絡我？
這問題我其實不太在意。
如果她失去音訊可以毫無理由，那麼突然聯絡也可以沒有理由。
如今她給了突然聯絡的「理由」，只是因為看到彩虹。
那麼失去音訊，是否也有理由？
如果有，那又是什麼？

我真正在意的問題，最想得到解答的是：
為什麼她會斷了音訊十四年又五個月？
我無法理解，更無法諒解，至今依然無解。

『為什麼看到彩虹是老天的暗示？看到彩虹有那麼重要嗎？』

「不只是看到彩虹。」她說，「其實我最想的，是一起看彩虹。」

『為什麼？』

「你曾說：小蘋。風雨的路會停，然後我們一起看雨後的彩虹。」

她說，「你還記得嗎？」

『記得。』我說。

「那是你第一次叫我小蘋，我這輩子恐怕都不會忘。」她說，「從此
　我便覺得只要一起看到彩虹，我們風雨的路應該停了。」

那是在她補完托福後，回來等待出國的短暫期間裡，

我對她說過的話。

已經是十幾年前的事了，現在回想起來算諷刺。

那時我覺得再遠的離別都不是問題，我有信心可以克服。

所有因離別所產生的苦痛，都只是將來談笑的話題而已。

而且我相信風雨的路，會停。

現在風雨的路停了嗎？

或者說，會停嗎？

我完全沒把握，也沒自信。

『為什麼過了十幾年妳才看到彩虹？』我問。

「我曾經期待看到彩虹。所以期待下雨、期待雨停、期待雨停後天空
　出現彩虹，滿滿的期待。期待能早日和你一起看到彩虹。」她說，

「但沒多久，就放棄了。」

『放棄？』

「我放棄希望。」她說,「從此每當雨後,不再抬頭看天空。」

『妳放棄了什麼希望?』

「跟你在一起的希望。」

『為什麼放棄?』

她看了我一眼,欲言又止。

「傷心欲絕。」過了一會,她說。

『妳是因為傷心欲絕,所以完全斷了聯繫?』我很驚訝。

「算是吧。」

『發生了什麼事讓妳傷心欲絕?』

「我不想說。」

經過了十幾年,我總算知道為什麼她會突然斷了音訊的原因。

但卻引發了更大的疑問:為什麼她會傷心欲絕?

到底發生了什麼事讓她傷心欲絕?

「雖然不再聯繫,我依然掛念你,只是得強迫自己絕不能聯絡你。」

她說,「我只是放棄希望,從未斷絕想你的念頭。」

『我知道。』

「半年前是在很偶然的機會,毫無心理準備下,突然看到彩虹。」

她說,「我把這當作老天的暗示,就打電話給你了。」

想起重逢那天,下午下過一場雨。

我早就沒有看彩虹的念頭,因此也沒在意,直到她打電話來。

從六樓辦公室看向窗外,南面的天空竟然掛著一道朦朧的彩虹。

『以後我們還可以一起遙望雨後的彩虹嗎？』我說。

「或許我們都很想，也都很願意。」她說，「但恐怕不能。」

『為什麼？』

「因為我們之間風雨的路，從來沒停。以後可能也不會停。」

我心頭一震，沒有接話。

我和她之間幾乎沒默契可言，但重逢之前的那兩個默契，

我們竟然當成誓言來遵守，而且從不違背，到現在還是。

因此我不知道她的狀況，她應該也不清楚我的狀況吧。

我們像兩隻埋首沙中的鴕鳥，以為不聞不問就沒有風雨；

然而一旦抬起頭，卻發現風雨依舊。

「抬起頭吧。」她說，「夕陽很美。」

『喔。』原來我剛剛不知不覺低下頭沉思。

我抬起頭，此時的太陽已經是名符其實的夕陽了，

又大又圓又是濃濃的橙黃色。

「你一向是個聰明又善良的人。」她說，「但有天你會明白，善良比

聰明更難。聰明是一種天賦，而善良是一種選擇。」

『為什麼突然說這些？』

「因為不管你怎麼做，你終究會選擇成為一個善良的人。」她說，

「所以我知道你不會傷害無辜的人。」

『妳知道？』

「我認識你多久了？」

『一輩子。』

「嗯。」她說,「所以我知道。」

我又陷入沉思,但這次是看著夕陽沉思。

天空隱約出現一道細長的白色噴射雲,應該是飛機劃過天空。

她伸手向天空抓一下,似乎抓住那架飛機,然後低頭閉上眼睛。

『妳竟然還記得。』我笑了起來。

「嗯。」她睜開眼睛,也笑了笑。

『妳不是說那傳說很幼稚?』

「但你說了,可以把這傳說當成信仰。」

『沒錯。』我說,『我是這麼說。』

「所以你這些年來總共抓了幾顆?」她問。

『我記得那年妳從台北回來後,告訴我不用再抓愛爾普蘭星了。』

我說,『可是妳沒說為什麼不用再抓。』

「嗯。」她說,「那時覺得你的願望可以實現了,只差你願不願意
　讓它實現而已。」

『妳那時知道我的願望?』

「可以猜得出來。」她笑了笑。

『後來妳不告而別,我就沒再抓了。』我說。

「為什麼?」

『可能跟妳一樣,也是放棄希望了。』

她沒回話,只看了我一眼,眼神似乎有些不捨。

『那年看夕陽時抓了第一顆,妳到台北期間我又抓了幾顆。』我說,

『所以總共只抓了三、四顆吧。』

「嗯。」

『那妳呢?』我問,『妳抓了幾顆?』

「連同剛剛那顆……」她說,「總共 63 顆。」

『這麼多?』我嚇了一跳。

「因為這些年來,我還是會抓愛爾普蘭星。」

『妳不是早就放棄希望了?』

「嗯。」她說,「但抓完一百顆愛爾普蘭星,是為了完成我的心願。

　　而我的心願,只跟你有關,跟我無關。」

我愣了愣,沒有回話。

「所以我雖然早已放棄希望,但仍舊想達成我的心願。」她說。

『妳的心願只跟我有關?』

「嗯。我希望你這輩子……」她突然警覺似的閉嘴,然後微微一笑,

「這心願不能說,不然就不能實現了。」

我看著她,心裡滿滿的感動,一股暖流流經全身。

夕陽下山了,天色漸漸灰暗。

「明天下午你有空嗎?」她問。

『有。』

「那下午三點,在我家巷口碰面?」

『好。』

『對了,剛剛妳說:我的願望可以實現了,只差我願不願意讓它實現

　　而已。』我說,『我不懂什麼叫:只差我願不願意讓它實現?』

「嗯……」她拉長了尾音，似乎在猶豫。

『妳又不想說了？』
「明天有機會的話，再看看。」
『妳的再看看，通常看不到任何東西。』我說。

「明天如果可以……」她看著我，「我會說。」
『還要說妳為什麼傷心欲絕？』
「你應該知道，我始終有語言表達障礙。」
『但我可以期待，妳明天突然很有勇氣嗎？』
「嗯。」她微微一笑，「可以。」

這天晚上，我的心情很複雜，有興奮、期待，也有恐慌、不安。
重逢後除了那次一大早吃早餐外，碰面的時間都在晚上。
而今天和明天，都是在假日的白天，而且還是連續兩天碰面。
這讓我很興奮，也期待未來可以保持這樣的頻率。

但我也意識到，十幾年前因為她不告而別讓我產生很多問號。
我曾經埋葬了這些問號，埋得很深很深。
今天她挖出一些問號，而且給了答案，明天她可能會挖出更多問號。
每當她挖出一個問號，我會隱隱感覺到當時的痛；
而她解答後，我除了恍然大悟和震驚外，竟然還是感覺到另一種痛。
明天的我，可以承受更多嗎？

我抱著一堆疑問和很多不安，終於熬到隔天下午三點。
我提早五分鐘到，她準時抱著一盆綠色植物出現。

「還記得嗎？」她問。

『這是舞萩？』我很驚訝。

「嗯。」她說，「以前那盆在我出國時枯死了，這盆上個月買的。」

這株舞萩應該有半公尺高，葉子依然青翠鮮綠。

也依然是長橢圓形的葉子，和頂端一些細長小葉。

所有葉子的顏色都很青翠。

『這株妳試過會跳舞嗎？』我問。

「有時候會。」她說，「但還是不太明顯。」

我們走到附近中學的圍牆邊，找張長椅坐下。

十幾年前應該也是坐在這裡吧，我不太確定。

「你唱吧。」她說。

『啊？』

「如果你能讓舞萩跳舞，我就說。」她說。

『好。一言為定。』

「反正只要有說就好，不用說太多。」

『喂。』

「我盡量鼓起勇氣。」她微微一笑，「知道要唱什麼吧？」

我點點頭，清了清喉嚨。

　　夢後樓台高鎖，酒醒簾幕低垂。

　　去年春恨卻來時，落花人獨立，

　　微雨燕雙飛。

　　記得小蘋初見，兩重心字羅衣。

琵琶弦上說相思，當時明月在，
曾照彩雲歸。

十幾年了，舞萩真的是老朋友，很給面子。
頂端小葉不停地舞動，舞動軌跡像橢圓形。
每片小葉轉動 180 度後便彈回原處，然後繼續起舞。
唱到「小蘋」時，小葉剛好彈回原處又重新舞動。
我依然覺得，舞萩對小蘋的反應最熱烈。

她又像以前一樣，突然流眼淚，而且淚流不止。
這是重逢後，第一次看她掉淚。

印象中，以前她在我面前哭過三次，其中一次在電話中哭。
那時她在電話那頭哭，很明顯的哭聲。
彷彿她打電話給我，只是為了哭給我聽。
那通電話結束在哭泣與手機的電力耗盡中。

剩下的兩次，她在我面前哭。
一次也是因為舞萩，另一次則在 M 棟側門水池邊。
她哭的時候通常是專心的哭，也就是不會邊哭邊說話。
不過在 M 棟側門水池邊那次，她哭得好傷心，邊哭邊試著說話，
但一句話都沒辦法說完。

當她哭時不會靠近我，我也不敢抱著她。
我總是靜靜陪著她，看她哭、聽她哭，等她哭完。
我從不會說出：別哭、不哭了之類的話。

因為我希望她哭出來，我覺得她需要哭出來。

現在的她，應該不可能在電話中哭了。
而這次在我面前哭完後，我也希望她以後不會在我面前哭了。
我希望她是因為從此不再需要哭，
而不是哭不出來或是不想哭給人聽。
我衷心希望，今後她不需要再哭了。

我有好多的「希望」，我應該要抓愛爾普蘭星，許下這種願望。
像她一樣，我的願望也可以只跟她有關，跟我無關。
或許抓下一百顆愛爾普蘭星後，她就不需要再哭了。

「好了。」她終於止住眼淚。
『妳不是因為難過而哭吧？』我問。
「不是。」她搖搖頭，「應該算是一種感動。」
『沒想到我歌唱得那麼好，竟然讓妳感動到哭？』
「神經病。」她瞪我一眼。
嗯，她應該走出流淚的情緒了。

『妳為什麼老是挑晏幾道的〈臨江仙〉？』我問，『一般不是都唱
　流行歌曲嗎？』
「我是小蘋呀。」她說，「你不覺得這是可以代表我的詞？」
『沒錯。』我笑了笑。
「其實最大的原因，是我想聽你叫我小蘋。」

十幾年前，我不曾用小蘋、秋蘋、林秋蘋等專有名詞叫過她。

直到看到舞萩後，才決定以後叫她小蘋。

只可惜沒多久她就出國了，我只叫過她幾次小蘋。

而重逢至今，一次都沒叫過。

『為什麼想聽我叫你小蘋？』我問。

「會感覺很親近。」

『喔。』

「你只會喔。」她又瞪我一眼。

『我不只會喔，我還會唱〈臨江仙〉。』

「這我真的非常訝異，我以為你應該不會唱。」

『既然覺得我不會唱，幹嘛一定要我唱這首？』

「因為我真的……」她遲疑一會，「很想聽你叫我小蘋。」

『小蘋。』我問，『妳好像都會因為舞萩而流眼淚？』

她愣了愣，沒有回話。

『叫小蘋沒錯吧？』我說，『還是要叫小蘋果？那首歌很紅耶。』

「你敢叫我小蘋果試試看。」她嘴角揚起，閃電般笑了一下。

『我不敢。』我也笑了。

『妳為什麼會因為舞萩而流眼淚？』我又問。

「我一直覺得或許我像舞萩一樣，有一個不為人知的感官，而這感官
　只會針對特定的人有反應。」她說，「而你就是那個特定的人。」

『是嗎？』

「起碼我相信是。」她點點頭，「當舞萩舞動時，我所有緊閉的心門
　都打開了。只有你的聲音，能讓她開門，然後舞動。」

『所以妳十幾年前那次流眼淚，也是因為這樣？』

「嗯。」她說，「那時我很感動，也很確定只有你。」

『只有我？』

「只有你，才是那個特定的人。」她說，「也只有你，才能打開我
　緊閉的心門。」

我看著她，她的眼神很堅定，似乎充滿決心和勇氣。

「所以我做了個決定。」她說。

『妳決定了什麼？』

「我……」她欲言又止。

『舞萩都跳舞了，妳應該也要有勇氣。』

她看了我一眼，然後點了點頭。

「其實林志玲有嫁給吳宗憲。」她說。

『嗯？』

剛聽到時覺得莫名其妙，正想追問時，

腦子裡彷彿轟隆一聲響起雷。

突然想起那年天色灰暗的 M 棟側門水池邊，她說的話：

「我主動跟他分手的機率，大概和林志玲嫁給吳宗憲的機率一樣。」

那林志玲有嫁給吳宗憲……

我心緒如潮，洶湧澎湃。

張大嘴巴，久久說不出話來。

我們會在侏羅紀時，一起躲避凶猛的暴龍，在叢林中找食物。

也會在未來核爆後，在機器人搜捕的危險中，從廢墟裡找水。

當我離開地球到火星探險，妳也會穿著太空衣陪在我身旁。

而當我透過防護罩看著妳時，妳仍然是那個任性善變的女孩。

也依舊擁有完美的四分之三側面。

不管是過去或未來，無論是地球或外太空，

我們都會在一起。

不會分離。

✈ ✈ ✈ ✈ ✈ ✈ ✈ ✈

她終於結束台北補習班的課程，回來了。

因為不提何時出國是我們的第二個默契，
所以我不知道她再待多久就要離開台灣？
我只能猜想應該很快，具體的時間或許是一個月，甚至可能更短。

面對即將到來的一萬公里離別，我已做好心理準備，
也決定要盡全力克服。
距離不會是問題，關鍵只在鞋裡的沙而已。

她從台北回來的隔天，我們約出來走走。
這「走走」，還真的只是走走。
以她家巷口為起點，沿著人行道或騎樓行走。
遇到路口，要直行、左轉或右轉？

「隨意。」她總說。
我也就隨意，沒有乾杯。

『上次在台北，妳所說的那個決定到底是什麼？』我問。
「我說過了，不該講、不會講、也不想講。」
『但妳也說：回來後再看看吧。』
「那麼現在就是看不到。」她聳聳肩。

『真的不能講？』

「是不需要講。」她說,「因為那決定只跟我有關,跟你無關。」

『可是……』

「總之。」她停下腳步,「請你記得……」

「我從來不想給你任何一點壓力。」

她說完後,微微一笑,轉身走進一家服飾店。

她心情似乎很好,走路速度變慢,腳步也很輕盈。

只要經過感興趣的店,便直接走進去逛一圈再出來。

說話時聲音的平均溫度提高,笑的頻率也很高。

如果以前平均每十分鐘笑一下,今天就是平均每分鐘笑一下。

「你總共抓了幾顆愛爾普蘭星?」她問。

『妳在台北時,我只抓了三顆。所以總共才四顆。』我說,『雖然常
　抬頭看天空,但幾乎沒看見飛機飛過。』

「如果一抬頭便可看見,那抓下一百顆愛爾普蘭星就太容易了。這樣
　許願還有意義嗎?」

『說的也是。』我說,『只是不知道還要多少年,才能抓一百顆。』

「或許你以後不用再抓愛爾普蘭星了。」她說。

『為什麼?』

「有時願望是看自己願不願意讓它實現而已。」

『願不願意讓它實現?』我很納悶,『自己所許的願,怎麼會不願意
　讓它實現呢?那許願不就是在許身體健康的?』

「嗯。」她說,「願意讓它實現很好。」

『為什麼我以後不用再抓愛爾普蘭星了？』我問。

「這話題已經結束了。」

『但妳還沒回答為什麼不用再抓啊。』

「沒有為什麼。」

『可是……』

「別再想這個了。」她説，「怕你脖子痠而已。」

『即使不用常常抬頭看天空找愛爾普蘭星，我脖子也一定會痠。』

「為什麼？」

『輪到妳問為什麼了。』我笑了笑，『我也要像妳一樣賣關子。』

「你到底説不説？」她瞪我一眼。

『妳到美國後，我一定引頸期盼妳回台灣。』我説，『既然要引頸，
　　那脖子一定會痠。』

她又停下腳步，轉頭看著我，欲言又止。

『怎麼了？』我看她遲遲沒開口，便問。

「也許……」她説，「你也不用引頸期盼。」

『為什麼？』

「因為我要賣關子。」

『喂。』

她笑了起來，很開心很燦爛的笑容。

真的是很乾淨很清爽的笑容，讓人全身舒暢。

我想要成為這種笑容的擁有者，和守護者。

「繼續走吧。」她說。

我點點頭,走在她左手邊,並肩走著。

突然有股衝動想牽住她的手,卻無法突破那 20 公分的距離。

我們並肩在街道隨意亂走,軌跡毫無規則,甚至會重複。

她轉身走進的店,也沒有共通性,似乎只要是開門做生意的店,

她就可能走進去,逛了一圈再出來。

『妳會渴嗎?』我問。

「有點。」她說。

我們走進便利商店買了兩瓶礦泉水,然後站在店門外喝。

她喝了幾口後,突然笑了起來,眼睛好清澈好明亮。

即使拚命游,我始終游不出她的眼神。

但那瞬間,我不想游了,只想溺死在她的眼神。

『為什麼突然笑?』她停止笑後,我問。

「想起去年你幫我澆水的事。」她說。

『喔。』我說,『妳不知道妳是多麼美麗,妳像花兒一樣盲目。』

「你依舊覺得我像花嗎?」

『嗯。』我點點頭,『而且我還是想澆水。』

她又笑了起來,像一朵在山野間綻放的花。

「如果我說我現在走累了,你會像那天那樣背我嗎?」她問。

『不會。』

「因為我體積大?」

『不是。』我說,『因為背著妳的話,就看不到妳的臉,也看不到妳

　清澈明亮的雙眼，更看不到妳完美的四分之三側面。』
她嘴角揚起，閃電般笑了一下。

「你背我時，覺得我重嗎？」她問。
『那時不覺得妳重，相反的，我覺得妳好輕。』我說，『但如果現在
　背妳，我一定覺得很重，而且重死了。』
「為什麼？」
『因為我背著的，是我的整個世界。』

她手裡拿著礦泉水瓶，眼睛一直注視著我，然後泛起一抹微笑。
『我的表情還可以吧？』我摸了摸自己的臉。
「嗯。」她說，「還算真誠。」
『我的表情還是那麼會說話？』
「對。」她笑了笑。

我們繼續並肩走著，邊走邊聊天，忘了時間，也忘了地點。
這些我再熟悉不過的街道，有時會有第一次經過的新鮮。
唯一不變的熟悉感，依然是她如清澈水面的雙眼、
完美的四分之三側面、閃電般的笑和燦爛的笑容。

終於走回她家巷口，這次的走走，走了兩個小時。
這是認識她以來，我們並肩一起走走的時間最久，路程也最長。

『我們如果常這樣走，身體會很健康。』我說。
「你喜歡這樣走嗎？」她問。
『只要妳喜歡，我就喜歡。』

「我喜歡。」
『那我也喜歡。』

應該是要道別的時候了。
每次要道別,都得讓她先說,但她從不說再見或 bye-bye。
她總是說「該走了」、「該回去了」、「差不多了」之類的話。
只要聽到她說這些,我便會說 bye-bye,然後道別。

感覺她好像還有話要說,但她遲遲沒開口。
我只能跟她站在巷口,像站崗一樣。
我當然不想急著走,待越久越好,可是這樣站著很怪吧?
「後天晚上你有空嗎?」她終於開口。

『後天是禮拜六,我要去澎湖玩,會過夜。』
「哦。」她似乎有些錯愕,「那麼改天吧。」
這是我第一次在她詢問時說不行,也是唯一一次。
我覺得很不安。尤其看到她錯愕的表情,我甚至有罪惡感。

「該回去了。」她說。
『嗯。』我說,『bye-bye。』
我看著她的背影離開,打開鐵門走進去。
但那種莫名的罪惡感一直無法消化。

陳佑祥發起了一個國中同學會,澎湖之旅兩天一夜。
大約有 30 個國中同學參加。
我覺得跟國中同學聚聚很好,順便去沒去過的澎湖玩,便參加了。

出發當天是 9 月 15，坐船時我突然驚覺，會不會是她的生日？
她 MSN 帳號的末四個數字 0915，正常來說會代表生日。

該跟她說聲生日快樂嗎？
如果這天真的是她生日，那麼她在生日當晚找我，有特別的事嗎？
她的生日一直是我不想觸碰的部分，可能也很難跟她說生日快樂。
因為她之前在 M 棟側門水池邊說的那段話：
「我和他雖不同年，卻是同一天生日。因為這樣，我覺得緣分很深，
　彷彿是注定……」

這段話我放在心裡放得很深，也藏得很深。
如果跟她說生日快樂，勢必得觸碰這個禁忌的話題。
別說要一起慶祝了，這根本不可能；
就連只跟她簡單說句生日快樂，我也覺得尷尬和為難。
這天我就一直夾雜在這種矛盾而複雜的情緒，也無心遊玩。

隔天從澎湖回來後，打電話給她。
但循環撥打三組數字，不是沒人接就是不在。
照理說第三組電話號碼應該不用打了，但我還是習慣每次打三組。
只好上 MSN 留了訊息給她，告訴她我回來了。
連續三天，我打電話都沒找到她，她也沒在 MSN 留訊息給我。

第四天晚上，她終於打我手機。
電話接通後，我便問她有發生什麼事嗎？
但她並沒有回答。
「其實我不該打電話給你。」她說。

『怎麼了嗎？』我很納悶。

「我做了個決定。」她說。
『妳怎麼常常在做決定？』我笑了笑。
「你也是做了決定。不是嗎？」
『我？』我更納悶，『我做了什麼決定？』
「那不重要。」她說，「我這次做的決定跟你有關。」

『是什麼決定？』我問。
「我⋯⋯」她似乎在猶豫。
『沒關係。慢慢說。』我又問，『是什麼決定？』
「其實我不該打電話給你。」
『妳在跳針嗎？』

我聽到細碎的吸鼻子聲音，是哭聲嗎？
以往在電話中，除了我們東扯西扯的語言外，
最常聽見的是她的笑聲，和生氣時沉默的輕微呼吸聲。
上次她在我面前因為舞茲而哭，只是流眼淚而已，哭聲很細微；
現在很明顯，是哭聲。

『妳在哭嗎？』我問。
她沒回答，只是哭。過了一會，才模模糊糊聽見一聲「嗯」。
我沒繼續追問，也沒安慰她要她別哭，只是靜靜聽她哭。
她沒有試著說話，也沒有努力想止住哭的企圖，
只是很專心地哭。
或許她心裡也有碎片，必須要一直哭才能讓碎片流出來。

我不知道她哭了多久？只知道手機快沒電了。

『如果說不出口，見面再說好嗎？』我問。

她沒停止哭聲，只是含糊應聲：「好」。

然後她繼續哭，直到手機電力耗盡。

隔天下午她打我手機，約好半小時後在 M 棟側門水池邊碰面。

我提早十分鐘到，坐在似乎是我專屬的石椅上等她出現。

今天天氣很涼爽，有種夏天快結束了的感覺。

等她出現的時間裡，我一直在想她到底發生了什麼事？

她出現了，靜靜坐在我旁邊的石椅上，眼睛看著水面。

「其實我不該來。」她說。

『妳怎麼老是說：其實不該？』

「如果我昨天說出口，今天就不用來了。」

『妳到底想說什麼？』

「再……」她只說了一個字，便沒往下說。

『在什麼？』我等了許久，『是在什麼地方？或是在什麼時候？』

她眼淚突然竄出眼角，迅速滑過臉龐。

「我……」

她試著開口時，卻是哽咽，然後泣不成聲。

即使這樣，她依然邊哭邊試著說話。

但最多只能說出幾個字，連一句話都沒辦法說完。

我突然有種離她好遠又離她很近的矛盾感覺。

即使她哭得很傷心、很無助，她不會靠近我，我也不敢抱著她。
我只能看她哭、聽她哭，等她哭完。
這次不怕手機沒電，她可以盡情哭、放肆哭。

我們之間，心的距離可以很近，甚至沒距離；
但肢體之間，總是維持住一小段安全的距離。
彷彿我身上帶正電時她身上也帶正電；我帶負電時她也帶負電。
同性相斥的結果，我們的肢體間總是維持一小段距離。
不能靠近，也無法靠近。

「我做了個決定。」她終於止住淚水和哭聲。
『我知道。』我說，『是什麼決定？』
「我想跟你說……」她似乎又說不下去。
『妳說吧，說什麼都沒關係。』我說，『只要說出來就好。』

「我只知道這決定是對的。」她說，「如果將來我後悔了，我一定會
　跟你說對不起。」
『妳從不跟我說對不起耶。』我很驚訝。
「我知道。」她說，「所以如果我後悔了，一定說對不起。」
『妳的決定到底是什麼？』我有點不安。

「請你記得，無論過了多久，即使我們已沒聯絡，形同陌路。我一定
　仍然會在某個地方掛念你。」她說，「不管那地方離你多遠。」
『我也是。』我猜想她可能因為快去美國了，所以有感而發。
「你會記得嗎？」
『會。』

「我一直學不會好好道別。」她說。

我突然意識到危險，好像非洲草原的羚羊察覺到附近可能有獅子。

而她說那句話的眼神，像茫茫大海，不像原先的清澈湖面。

「該走了。」她站起身。

我只能帶著問號和不安，跟她離開 M 棟側門水池。

「你可以陪我走回家嗎？」她說。

『走回妳家？』我有點吃驚，『那起碼要走半小時耶。』

「正確地說，是 38 分鐘。」她說，「我剛走過。」

『妳是走路來的？沒騎機車？』我更吃驚了。

「嗯。」

『妳機車又壞了？』我問。

「沒。」她搖搖頭，「只是想用走的。」

『喔。』

「請你陪我走回家，好嗎？」

『當然好。』

我們並肩走著，像以前一樣，但幾乎沒交談。

以前偶爾也會沒交談，那是因為她在生氣。

像這種她沒生氣我們卻沒交談的氛圍，是第一次。

我試著在途中問她兩次：妳的決定到底是什麼？

但她始終沒開口回答。

終於走到她家巷口，她停下腳步後似乎試著開口。

但沒發出聲音,只是嘴巴微張。
然後她轉身走到樓下鐵門,打開門進去,沒有回頭。
她的背影消失後,我轉身走回校園。

走來她家花 38 分鐘,走回校園卻花了 45 分鐘。
我一直在想,她的決定是什麼?
為什麼後悔了就要跟我說對不起?
腦海裡也一直縈繞著她說「我一直學不會好好道別」時的眼神。

我對她的聲音很敏感,那句話不是低溫,而是沒有溫度。
我對她的眼神也很敏感,她說那句話時的眼神不止是深邃,
而是深不見底。

我等了兩天,猜想她應該會跟我聯絡,讓我知道發生了什麼事。
但她完全沒消沒息。
第三天開始,我又循環撥打三組數字,但找不到她。
上 MSN 也找不到她,只能留訊息。
以前我們偶爾會通 E-mail,但我 E-mail 信箱也沒新信件。

持續這樣的狀態兩個禮拜,我心裡產生了一個不平衡的天秤。
這個天秤搖搖擺擺,時而左邊向下,認為她刻意離開我;
時而右邊向下,認為她只是有某種我不知道的原因或苦衷,
才會暫時失去音訊。

一個月後,我輾轉得知她已經到美國半個月了。
那個天秤直接向左邊傾斜,然後不動了。

我心裡產生一大堆問號，這些問號組成一座迷宮。
其中最大的三個問號是：為什麼她刻意離開我？
到底發生了什麼事？什麼時候她才肯告訴我？

時間的鐘擺彷彿成了銳利無比的刀，左右擺動變得非常緩慢，
但每一次擺動，都很輕易在我心裡劃出一道道傷口。

幾個月後，我決定埋葬所有問號。
問號都不見了。
我接受她已離開我，而且也不想再跟我聯絡的事實。
句號。

我終於明白那句「我一直學不會好好道別」的意思。
她確實學不會，因為她連「道別」都沒做到。

當我用盡所有力氣跟她拔河時，她突然放手，我便跌得滿身是傷。
然後我又花了一段時間，治療這些跌傷。
以為傷好了，終於可以正常行走時，
卻時常突如其來被任何關於她的記憶擊潰。

我終於意識到，她成了我的逆鱗。
我得把關於她的所有記憶，放進大門深鎖的記憶倉庫，任它塵封。
包括她最後一次在 M 棟側門水池邊要我記得的事。
我也得想盡辦法將所有關於她的一切，可以遺忘就遺忘，
如果不能遺忘，就要藏得很深很深。
避免任何人包括我，有意或無意間碰觸這塊逆鱗。

時間可以稀釋情感，時間也可以沉澱情感。
如果情感是沙，心是水，除了必須停止攪拌外，
只能靜待時間將沙子沉澱在底部，讓心看起來是清水。
然而沙子的沉澱速度非常、非常緩慢。

我不再抬頭看天空。
除非拿把刀架在我脖子或拿把槍抵住我太陽穴，逼我抬頭看天空。
但即使我不得不抬頭看天空，我還是不會抓愛爾普蘭星。
而我也不再期待雨後的彩虹。

所有的現在都會成為過去，
所有的未來也都是不久之後的現在。
雖然時間過得非常緩慢，但總有一天，
我跟她之間的所有記憶會像是上輩子那般遙遠。

就算是 forget，至少曾經 get。
就算是 lover，最後還是會 over。

再見了。小蘋。

10.

「舞萩開始舞動時，我的心門完全敞開，明亮的光線照進去，我可以
　很清楚看到內心深處。尤其當你唱到小蘋那句，我更加確定。」
她說，「那瞬間，我做了個決定，至今仍是無怨無悔。」
我想說點什麼，卻說不出話來。

「我決定跟他分手，跟你在一起。」她見我沒回話，便繼續說，「我
　選擇當罪人。」
『……』我還是說不出話來。
「這是十幾年前，你第一次讓舞萩舞動時的事。」
她的眼神依然深邃清澈，而且明亮。

「兩天後，是那年的七夕，你上台北來找我。」她說，「那時我跟他
　已經分手了。」
『我完全不知道。』我終於可以說出話，聲音有些乾澀。
「下課後你送我回去，沿路上很想告訴你這件事，但一直忍住。走到
　巷口時，我覺得快說出口了，因此只能催促你快回去，我想一個人
　走剩下的路。」

『為什麼要忍住？』我問。
「因為不能說，也不該說。」
我思緒飛到那年的七夕夜晚，那盞水銀燈照射下的巷口。
雖然過了十幾年，但此刻腦海裡清楚浮現她那時欲言又止的模樣。

「這些年來，我腦海裡常常浮現這個畫面。」她說，「我想如果當時
　告訴你這件事，或許我們會在一起，就不會有遺憾了。」

『我真的……』我說，『完全不知道。』

「我知道。」她說，「因為我從沒跟任何人提起。」

『妳為什麼不說呢？』我問。

「不想給你壓力。」

『為什麼會有壓力？』

「如果我說了，你可能會馬上做出決定。」她說，「但不管你做什麼
　決定，都會很痛苦。」

我陷入沉思，試著想像如果十幾年前她告訴我這件事，
我會如何反應的假設性問題。
應該是一半一半吧，大概是一半的機率會選擇跟她在一起。
不，也許機率更高一些，七成吧？
但也有可能，我還是優柔寡斷，無法做出選擇。

「我從來……」她的語氣很堅定，「不想給你任何一點壓力。」
她的想法單純而堅定，單純的因為我，於是很堅定。
相較於她，我顯得複雜而不安。
我突然覺得很慚愧。

「善良是一種選擇，我相信你會選擇善良。」她的語氣變得平和，
「但那時候的你，不管怎麼選擇，你都會覺得自己不善良。」

『可是妳已經……』

「我根本沒有選擇，就只有你。」她說，「我的心是舞萩，只因為你

而舞動。」

我靜靜看著她，想像她是一株舞萩。

任何人都會認為舞萩只是一株根本不會動的植物而已，

從沒想過舞萩有著人們不知道的感官，而這感官可以讓它舞動。

就像我一直認為她總是帶點冷漠，從沒想過她舞動時的熱情。

「你從台北回去的隔天，我也取消機票，不出國了。」她說。

『啊？』我大吃一驚。

「既然決定跟你在一起，就不想離你太遠。」

『妳……』我又驚訝得說不出話來。

「總之我取消了一切，不出國了。」

『可是妳不是計畫好了嗎？』我問。

「計畫很重要嗎？」

『可是……』

「沒什麼好可是的。」她打斷我，「雖然最後我還是出國了，但我
　曾經真的放棄過出國。」

關於愛情這東西的輕重，有人用可以為對方拋棄多少來衡量，

有人用可以為對方付出多少來衡量。

或許這些都對，也或許有點不對。

因為有些人在為對方拋棄或付出時，並不覺得自己在拋棄或付出。

只是自然而然的做，發自內心。

她應該就是不覺得自己在拋棄或付出的人，即使已拋棄或付出一切。

因為她是自然而然的，發自內心。

我也不覺得自己在拋棄或付出，因為我好像根本沒什麼拋棄或付出。

我只是成全了自己的善良而已。

『所以那年妳從台北回來後，便告訴我不用再抓愛爾普蘭星了？』

「嗯。」她說，「因為你的願望已經可以實現，只差你願不願意讓它
　實現而已。」

『妳真的知道我的願望？』我問。

「應該是跟我在一起吧。」

『對。』

「但你只會抬頭看天空，耐心等待愛爾普蘭星出現。」她說，「其實
　你只要伸手抓住我就行了。」

我突然愧惶無地，她像個巨人，我卻非常渺小。

如果她是語言表達障礙，那我根本就是行動表達障礙。

她一直是只為特定的人舞動的舞萩，毫不遲疑、無怨無悔。

而我始終是沒有伸手抓住新樹藤的猴子，盪來盪去、遲疑不決。

原來真正膽小沒有勇氣的人不是她，是我。

「從台北回來後，想找天跟你吃飯，告訴你我不出國了。」她說，

「我只說不出國，其他的我不會說。」

『是我們走最長最久的那次嗎？』

「嗯。」她說，「但你說要去澎湖，所以就作罷。」

『妳後來還是可以跟我說妳不出國啊。』我說。

「沒有後來了。」

『嗯？』

「幾天後，我重新訂機票，半個月後出國。」她說。

『為什麼？』

「因為……」

『發生什麼事嗎？』

「你們去澎湖。」

『你們？』我很納悶。

「你和……」她深深吸了一口氣後，「你的她。」

『啊？』

「不是嗎？」

『那次去澎湖只是國中同學會而已。』我有點激動，『她有去沒錯，
但她也是我的國中同學啊。』

「我不知道是國中同學會。」她說，「只知道你和她一起去澎湖。」

『那次是國中同學會，應該有 30 個同學參加，不是只有我和她。』

「那時李玉梅只告訴我，你和她一起去澎湖玩，兩天一夜。」

『李玉梅？』我說，『陳佑祥的女友？』

「那時是。」她說，「但幾年前就不是了。」

我突然覺得悔恨，當初應該跟她說為什麼我要去澎湖。

或者，乾脆就不去澎湖了。

「我原本想在生日那晚跟你說，我不出國了。」她說。

『妳是 9 月 15 生日沒錯吧？』

「嗯。」她點點頭，「你是從我以前的 MSN 帳號猜出來的吧？」

『對。』我說，『因為帳號的末四位是 0915。』

「你在我生日那天跟她去澎湖，所以我以為你決定了。」

『我決定什麼？』

「就像我決定跟你在一起一樣，你決定跟她在一起。」

我很想辯駁說：這是毫無根據的推論，但我完全沒有立場。

她可以讓林志玲嫁給吳宗憲，也可以放棄出國；

而我做了什麼？

不僅什麼都沒做，還在她生日那天，跟所謂的我的她一起去澎湖。

我還有臉辯駁嗎？

「我相信你知道我生日，所以那天我也等著你跟我說聲生日快樂。」
她說，「但等了整整一天，期待落空。」

『那是因為……』

我說不出因為她跟他同一天生日，所以我覺得尷尬和為難。

『早知道我就不要想太多，跟妳說聲生日快樂就好。』

「人生，沒有早知道。只有經歷過才知道。」她說。

『這些就是妳傷心欲絕的原因？』我嘆口氣。

「嗯。」她說，「那時以為，你決定跟她在一起，那麼我就該離開。
　所以我最後還是出國了。」

我本想多說些什麼，但十幾年前的事了，說再多也沒意義。

「在那不到一個月的時間裡，我做了兩個決定。第一個決定，是只要
　跟你在一起；第二個決定，是永遠離開你。」她說，「諷刺的是，
　這兩個決定剛好衝突。」

『妳其實應該可以跟我說，妳的第二個決定。』

「我有打電話給你，想跟你好好道別。但始終說不出再見。」她說，
「最後在 M 棟側門水池邊也一樣，再見這兩個字始終說不出口。」

『從認識妳第一天開始，即使到現在，我從沒聽妳說過再見。』

「我相信只要說『再見』，就永遠不會再見。」她說，「所以對你，
　我從來不說再見。」

『妳的個性看能不能更怪一點。』

「從你認識我的第一天開始，我就是這樣。」她說，「現在也是。」

我知道她任性和固執，也知道她脾氣算古怪。
但從不知道她為什麼總是不說再見？
原來她相信說了再見，就永遠不見。
這樣也好，或許十幾年前正是因為不說再見，反而再見。

「對不起。」她突然說。
『啊？』我嚇了一跳，『妳從來不會對我說對不起啊。』
「那是因為我從沒有對不起你。」
我心頭一震。

『為什麼妳現在說對不起？』
「總之，對不起。」她說，「因為我後悔了。」
我想起十幾年前最後一次見面的場景，在 M 棟側門水池邊。

那時她說：如果將來我後悔了，我一定會跟你說對不起。
我一直記得這句，因為她從不說對不起的特質太鮮明。

『妳後悔了？』
「嗯。」她說，「雖然第二個決定是對的，但我後悔了。」

『為什麼？』
「我也看過《借物少女艾莉緹》這部動畫電影。」她說，「你也已經
　是我心裡的一部分，不可分割，你將永遠存在，我無法離開。」

『妳後悔這決定？』
「嗯。」她說，「我不該天真地以為能永遠離開你，我其實要做的，
　只是好好跟你道別。」

『其實妳不用說對不起。』我說，『即使妳後悔了，妳仍然像妳剛剛
　說的：妳從沒有對不起我。』
「但我承諾過，如果我後悔了，我一定跟你說對不起。」
『妳或許有語言表達障礙，但妳真的是行動派的巨人。』

「然而對於我的第一個決定，我至今仍是無怨，更是無悔。」她說。
她的眼神十分堅定。
我果然游不出她的眼神，更無法在漩渦中上岸。

「我現在還是一個人。」她說。
『我現在，還是有所謂的，我的她。』我說。
「我知道。」
『我卻……』我嘆口氣，『不知道。』

「不要嘆氣。」她說，「我從來不想給你任何一點壓力。」

她的眼神漸漸變暗，好像電影中影像淡出那樣。

『怎麼了？』我問。

「我把勇氣全部用光了。」

『沒關係。』我笑了笑，『妳已經說了很多很多，可能把過去十幾年
　沒說的，都說完了。』

「可是……」她欲言又止。

『嗯？』

「我一直學不會好好道別。」她說。

我突然驚覺到危險，這句話給我的感覺，

跟十幾年前在 M 棟側門水池邊聽她這樣說時的感覺很像。

想起剛剛舞萩舞動的樣子，她會不會在舞萩第二次舞動時，

又做了個決定？

『妳是不是……』我心跳加速，『又做了什麼決定？』

她看了我一眼，沒有說話，但是緩緩點了個頭。

『那麼，說吧。』我心跳更快了，『是不是決定要請我吃飯？』

「你的白目，始終沒變。」

『妳也始終任性，總是突然做決定。』

「該決定時，就該馬上決定。」她說，「其實如果從來沒做決定，
　也是一種決定。」

這句話對我有如當頭棒喝，讓我彷彿大夢初醒。

「我今天已經把這輩子的勇氣，包括未來的勇氣，全部用光了。」
她說，「從現在開始算起，未來的我，可能永遠膽小。」
『妳還是試著說吧。』
「我現在根本沒勇氣說出來。」

『那怎麼辦？』
「我寫信給你吧。」她說，「用說的會有語言表達障礙，用寫的應該
　不會吧。」
『妳不會又搞出不告而別那一套吧？』
「絕對不會。」
『為什麼？』
「因為我們已經沒有另一個十四年了。」她說。

我們凝視彼此，時間彷彿凍結。
場景不斷快速切換：M 棟側門水池邊、黃金海岸海堤、沙灘、
大菜市包仔王、白色建築、迴轉兩次的早餐店、她公司樓下、
星巴克、雲平大樓、下雨時的騎樓末端、她家巷口、7-11 門前……

「該走了。」她打破沉默，也避開凝視。
『嗯。』我說，『我送妳。』
「才五分鐘的路程而已。」
『即使只有五秒，我也不想讓妳一個人走。』

我幫她拿著舞萩，然後一起走回巷口，果然是五分鐘。
一般我會站在這裡看著她的背影，等她背影消失，再轉身離去。
但這次我繼續往前，她也沒說什麼，讓我可以多走 20 公尺，

走到她家樓下鐵門邊。

她拿出鑰匙打開鐵門，人走進去，我把舞萩還她，她接手。

然後鐵門鏗鏘一聲關上，我轉身走到我的車，開車回去。

這天晚上，我失眠了。

曾經埋葬的所有問號，一一浮現，也得到答案。

那些曾經因為她不告而別所產生的傷和痛，似乎已痊癒。

但我沒有恍然大悟、豁然開朗、原來如此的釋懷，

只有慚愧、虧欠、內疚的悔恨。

我突然覺得，在過去的十幾年，與其說她是我的逆鱗，

倒不如說我是她的逆鱗才對。

我們也終於打破了十幾年來的那兩個默契，直接說出口。

但她說得很對，從來沒做決定，也是一種決定。

從來沒做選擇，也是一種選擇。

面對所謂的決定或選擇，她總是毫不猶豫、不計後果與代價。

而從來沒做決定或選擇的我，以為可以歸咎於個性的優柔寡斷，

但其實還是做出了決定或選擇。

不管我身邊有沒有另一個人，她對我一直是個最特別的存在。

無庸置疑，也無可取代。

以前總覺得我和她是在另一個平行世界裡相處，

在真實世界中幾乎沒交集。

但重逢至今，交集似乎漸漸變多。

然而在真實世界中，我和所謂的我的她，雖然因工作而分隔兩地，但從大學時代起，就是旁人認定的一對。

如果十幾年前不能解開的難題，而這難題經過十幾年後更難了。那麼現在的我，能解開嗎？

在平行世界裡，我和她可以自在優遊；
但在真實世界中，我必須做出決定或選擇。
而在平行世界裡從來沒做決定或選擇的我，
在真實世界中就等於決定或選擇了，所謂的我的她。

重逢後不久，我隱約覺得這是老天給的第二次機會，
雖然我從沒想過老天會給我們第二次機會。
但有時我也會覺得這不是第二次機會，只是偶發或錯亂而已。

我不斷掙扎於各種矛盾而複雜的情緒中，再次飽嚐思念之苦。
她在我心裡的影像越來越清晰，越來越美。
而以前留下的種種遺憾，似乎也因重逢而彌補。
我想抓住她，卻始終沒伸出手。
我真的有把重逢當第二次機會嗎？

日子久了，我開始有種奇怪的想法：
我們重逢的意義，不是老天再給我們一次在一起的機會，
而是讓我們好好道別。

今天聽她說話時，這種奇怪的想法不斷浮現。

我甚至想起楞嚴經上說：

「汝愛我心，我憐汝色。以是因緣，經百千劫，常在纏縛。」

如果我們沒好好道別，仍在平行世界裡優遊，

那麼我和她之間，不管時間過了多久、不管重逢了多少次，

都會不斷輪迴這過程——相遇、相戀、分開。

我又想起那部電影，《*Eternal Sunshine of the Spotless Mind*》。

即使我和她就像電影中男女主角一樣，因為相愛太痛苦了，

便刪去腦中所有關於對方的記憶。

然而某些最美的東西已留在心裡，於是我們可能會不由自主、

像被召喚般同時到一個地方，比方 M 棟側門水池邊。

然後相遇、相識，進而相戀，最後意識到不能在一起而痛苦不堪，

又動了想刪除記憶的念頭。

如果又刪除一次關於對方的記憶，之後的過程還是再來一次。

這也是種輪迴吧？

或許在真實世界中，我應該找一個可以一起生活的人去愛，

她找一個她愛的人一起生活。

可能我們都會失敗，我到最後還是不愛跟我共同生活的人；

而她始終無法跟她愛的人共同生活。

雖然感覺有點悲哀，但起碼不再活在虛幻的平行世界裡，

而是回到真實世界中。

我就這樣整晚亂想，直到天亮後下床準備上班。

雖然沒有得出結論，但那個奇怪的想法始終盤踞在心。
我們重逢的意義，真的是讓我們好好道別嗎？

下班後回到家，那個奇怪的想法還在，揮也揮不去、趕也趕不走。
很想 Line 她或打手機給她，但發覺我的心裡空空的，
根本不知道要跟她說什麼？
只好躺在床上補眠，一躺下便睡著了。
直到半夜三點醒過來，收到她寄來的 E-mail。

很久沒有寫信給你，久到我不忍計算。
所謂寫信，不是隻字片語，是很多話要說的那種。
我真的，有很多話想說，只是不知從何起頭。
沒想到過了這些年，
表達障礙仍然執著地停在原地不肯和年齡一起精進。

請原諒，我常用那樣低的溫度回應。
能不能，請你試著了解，
要把千迴百轉的心裡話說出來需要多大的勇氣。
冰火之間，我仍然無能為力，對你。

從前的我們，彷彿對著模糊的鏡子觀看彼此。
時間讓鏡子中的影像變得清晰，心中的意念也越發確定。
我決定，不要再遺憾。

你知道，我很不喜歡假設性的問題，覺得不切實際。

年紀長了，變與不變，超乎我的預期。
例如：如果可以改變，你最想改變哪一個階段？
這很難，因為有好多好多，所有不愉快我都想丟掉重新開始。
有哪一個部分你不想改變？

我，竟然，只想到你。

你的出現，在我搖搖欲墜面對與逃避間掙扎的困境，
是無可動搖的神木。

如果可以選擇刪除生命的記憶，
那麼，有你的這一段，不換。

如果可以選擇改變生命的記憶，
那麼，有你的這一段，不換。

即使，代價是必須背負不能說出口的遺憾，
我也不換。

我曾經緊抵我的唇和心，不洩漏一絲和你有關的期待，
因為不願看你為難。
時間、環境都沒能改變我的初心。
經過了這些年，我可以篤定和命運之神說：
這是最自在又豐富的一段，我堅決不換。

如果這一生，你可以擁有一次真正的愛情，遇見那個真正懂你的人。

代價是它來得太晚，也無法長久擁有，還得背負罪惡感；
伴隨而來的是無論時間過了多久，所有酸甜苦辣的片段，
仍舊常突襲心頭，揪緊你的心，但是你不能聯絡、無法見面、
甚至不知道那個人在哪裡。
你願意嗎？

我願意，而且不換。

你不知道，再次聯繫，是我祈求了多少年。
當我間接知道你過得不如意，我如何能袖手旁觀？
即使代價是不能再聯絡，我依然，啟航往你的方向。
於是，我出現了。

好久不見，我的想念。

記住是不容易的，所以需要記事本、行事曆、App 軟體幫助記憶。
經過歲月的淬鍊，值得記憶的，已銘刻在心。
一個場景、一條街、一抹落日、一道彩虹，就可以輕易地喚起。
所以忘記更難。

再遠的距離，都能連結彼此兩端。
想念的線，繫起黑夜白天。
禁錮多年的文字，在這個時刻，終獲自由。
那些未曾減緩的牽掛，一併附上。
和你的記憶，是此生最雋永的音符篇章。
不可替換，也堅決不換。

在我心裡，那個無可取代、無庸置疑的位置，就是你。

唯有你，可以打開我緊閉的心門，讓我舞動。

唯有在你面前，我可以為所欲為恣意綻放我的每一種樣子；

除了想念。

我真的以為，此生不會再見面。

我不斷向老天祈求，如果可以，只要給我喝完一杯抹茶的時間，

我便心滿意足。

而老天所給的，超乎我所求所想，足足有半年之久。

能在生活中，真實的有交集，就很圓滿。

曾經盤旋不去的遺憾，在這些重逢的對話中，已找到昇華的方向。

所謂的重逢，是再給一次機會的意思嗎？

不是，是老天挪去遺憾的重擔，讓我們可以重新得力，

繼續人生的下半場。

重逢是為了好好道別。

小蘋

以前那兩個像誓言般嚴格遵守的默契，因為重逢而打破。
沒想到重逢後，我們竟然又有了一個新的默契，也是最後的默契：
我們重逢的意義，不是老天再給我們一次在一起的機會，
而是讓我們好好道別。

三天後，剛好是中秋節，還遇到連假。
我開車回老家過中秋。

昨天莫蘭蒂颱風來襲，市政府宣布上午照常上班、下午才停班停課。
但風雨跟我的習慣一樣，總是提早到，所以昨天中午便風雨交加。
中午下班開車時，在直行路段看見一個歐巴桑騎機車突然想右轉，
結果摔車。
我趕緊停車，下車去扶她起來，風雨真的好大。

我問歐巴桑，明明只能直行，為什麼她卻突然右轉？
她說，她是要直行沒錯，但人在風中，身不由己。
嗯，很有智慧的一段話，看來跟人在江湖一樣。
她還說她算幸運的，她看到有人騎機車本想左轉結果卻變成右轉。
嗯，看來剛剛摔車，她頭部或許有撞到。

今天早上風勢已減緩，但雨還是不停下著，直到快中午才停。

雨停後我開車回老家，才剛開上高速公路，手機便響起。

戴上耳機，按下接聽鍵。

「方便說話嗎？」她問。

『可以。』我說。

「你現在可以看到彩虹嗎？」

透過擋風玻璃，我馬上看到右上角的天空掛著一道彩虹。

『如果我說沒看到呢？』我說，『妳會馬上掛電話嗎？』

「不會。」她說，「我會叫你趕快出門抬頭看天空。」

『嗯，其實我正在看彩虹。』

「我也是。」她笑了起來，「這彩虹很美。」

我真的好喜歡聽她的聲音，真的。尤其是笑聲。

「先不要說話，一起看彩虹三分鐘後，再說話。」她說。

『好。』

「一起哦。」

『嗯。』

我在高速公路直行往北，靜靜欣賞掛在擋風玻璃右上方的彩虹。

耳邊是她細微的呼吸聲，我有種幸福的滿足感。

過了六分鐘後，她才開口：「可以說話了。」

我心想，她連這個都會遲到。

『好像什麼都會改變，還好生日不會變。』我說，『生日快樂。』

「謝謝。」她又笑了起來。

『今天是中秋節,算妳厲害。』

「就剛好而已。」她還在笑。

我真的好喜歡、好喜歡聽她的笑聲,希望她以後都能這樣笑著。

『啊?』她停止笑聲後,我驚呼一聲。

「怎麼了?」

『妳該不會是嫦娥吧?』我說,『嫦娥不都是在中秋趕著回月亮吃生日蛋糕嗎?』

「你真的很白目。」她又開始笑了。

「說真的。」她停止笑,「我想跟你說一句話。」

『請說。』

「好久不見。」她說。

『為什麼要說這句?』我問。

「因為重逢後到現在都沒說過,照理說應該重逢瞬間就該說的。」

『妳信上有說了。』

「那不算,要親口說才算。」她說,「所以……」

「好久不見。」她又說。

『嗯。』我說,『好久不見。』

「你有感覺到我的微笑嗎?」

『有。』

「嗯。」她說,「在分離的那段時間,我常想如果有天跟你重逢了,我第一句話要說什麼?」

『那時有想出來嗎？』

「有。」她說，「就是我要帶著微笑，跟你說：好久不見。」

『妳之前一直沒說這句，會覺得遺憾？』

「不是遺憾。」她又笑了，「是很遺憾。」

我笑了起來。我想她應該有感染到我的白目。

『我也想跟妳說，我又開始抬頭看天空找愛爾普蘭星了。』

「還是許同樣的願望？」

『不是。那願望已經不能實現了，因為跟妳說了。』

「有嗎？」

『那天妳說我的願望應該是跟妳在一起，我回答：對。』我說，

『所以就破功了。』

「真可惜。」她說。

『嗯。』我說，『我也覺得真可惜。』

我們同時沉默，應該都在惋惜一件美好的事已經不能發生了吧。

「那你這次會許什麼願望？」她問。

『如果抓完 100 顆愛爾普蘭星，或許再跟妳重逢吧。』

「還要再重逢嗎？」

『嗯。』我說，『那時我們應該都老了，一定更有智慧處理。』

「我想起一部電影，《*Eternal Sunshine of the Spotless Mind*》。」

『真巧。』我說，『我也看過。』

「那太好了，我不用先解釋一堆劇情。」

『嗯。』我說，『妳想起那部電影，然後呢？』

「如果我們又重逢，再經歷同樣的喜樂和磨難，最後很可能也走向
　同樣的分離結局。」她說，「那麼你還想再重逢嗎？」

『我 OK。』我毫不猶豫。

「我也 OK。」她也毫不遲疑。

彩虹還是高掛在天空，美得令人心醉。

「那麼……」她拉長尾音。

『嗯？』

「再見了。」她說。

我的視線突然一片模糊，看不到彩虹了。

總有一個人，會一直住在心底，卻消失在生活裡。

對我而言，她就是這個人。

對她而言，我應該也是那個人吧。

『再見了。小蘋。』

The End

寫在《不換》之後

《不換》這本書約 10 萬字,想動筆是 2015 年 7 月的事。

但真正開始動筆,在一年後,2016 年 7 月初。

然後寫了 3 個月才完成。

離完成上本《阿尼瑪》,已超過三年。

這三年多來,我一個字都沒寫。

所以動筆之初很卡,甚至完全忘記寫作的感覺。

忘記自己好歹也曾寫過十幾本書。

還好我已經可以專心寫作,因為我告別了九年的大學老師生涯,

離開學校。

用專心來彌補早已生疏的手和腦,結果剛好。

於是這本的寫作速度幾乎和以前一樣。

菩薩有「逆行」的法門。

凡是打擊你、壓迫你、刺激你、欺負侮辱你、使你爬不起來的人,

都可能是逆行的菩薩。

我很感謝我的逆行菩薩，讓我離開學校，可以專心寫作。

《不換》這故事算簡單，人物更簡單，從頭到尾只有兩個人在說話。
原本想設定主要角色有三個，再加上幾個次要角色，
但一下筆，便決定只用兩個角色寫完整本。
而過去的時間軸和現在的時間軸概念，倒跟原先設定一樣。
這故事可以過去、現在交替閱讀；也可以先把過去發生的看完，
再看現在。

我年紀大了，行文難免囉唆和碎碎念，請你別介意。
「重逢是為了好好道別」這概念，在書中要走了半年才顯現。
我們都該學會好好道別，學會放手。
總有一個人，可以一直住在心底，卻消失在生活裡。

《不換》的寫作過程中，我不斷摸索寫作的感覺。
也常問自己：我以前寫作時，除了作品外，還想什麼？
後來才想起來，我以前寫作時，腦子只有作品。
而寫完最後一個字的瞬間，心裡只覺得：喔？寫完了嗎？
不像以前，即使個性再怎麼內斂，至少也會握緊拳頭低喊一聲：耶！

或許我早已遺忘寫作的感覺，甚至遺忘自己是寫作者的事實，
但有個東西我已銘記在心，從不遺忘。
那就是我曾在《蝙蝠》後記裡提到的那段話：

處在這個變動劇烈的時代中，篤信的價值觀或許會動搖。
但我認為自己並未改變，我依然只是個寫小說的人而已。

我喜歡簡單寫、單純寫，對文學價值沒有強烈的企圖心。

我只希望能保有寫作者那顆最初也最完整的心。

那就是文字本身，那就是故事本身。

那就是寫作者心中那處明亮的地方。

而我只是很努力，很努力將那種亮度帶給你而已。

不管我文字風格、寫作手法等等是否有所改變，

我寫作的初心，還是完整而不變的。

只是，我曾經放棄了寫作。

因為覺得夠了、累了，想放棄寫作者的角色，做個單純的老師，

或是什麼角色都好，只要不寫就好。

雖然還有一些東西可以寫，但我已不想寫，也覺得寫不出來了。

所以謝謝妳。

擁有深邃明亮眼神的妳，具有完美四分之三側面的妳，

在我眼裡和心裡都是光滑而圓的地球的妳。

是妳賦予我寫作的意義，並讓我重新擁有寫作的力量、決心和勇氣。

對妳，請原諒我也有語言表達障礙——

內心越洶湧，寫下的文字越淡然。

內心的情感總是沛然莫之能禦，表達的文字卻平淡無奇。

總有一個人，只要一句話語，或一個眼神，

就可以給你滿滿的力量和勇氣。

如果這樣的人出現在生命中，那麼即使要給我全世界，

我也不換。

有妳的這一段，即使總是苦多於甜、磨難多於喜樂、分離多於相聚；
即使總是毫無默契多於心有靈犀；
即使總是狂風暴雨多於風和日麗……

我也堅決不換。

蔡智恆

2016 年 10 月　於台南

總有一個人，會一直住在心底

——痞子蔡的創作 Q&A

提問者｜麥田出版編輯部

Q: 當媒體、各種通訊載具不斷催熟愛情的節奏，您的故事始終保有細火慢熬的雋永。即便與時俱進，男女主角溝通時從 MSN 換到了 Line，那種質樸卻深邃的愛情氛圍依然貫串全書，特別銘心深刻。請您談談，歷經那麼多本書，以及在這十幾年的生活磨礪下，來到《不換》，您看待、寫作「戀愛」這件事有何不同，或者其中有什麼特別純粹珍貴的東西，是您堅持想在作品中保留下來的？請分享《不換》這個故事的寫作動機。

A: 我不知道「純真」對別的寫作者而言是什麼？但對我而言，它是寫作的初心，也是我心裡那處明亮溫暖的地方，所以它對我的寫作很重要。可能是我個性簡單，也喜歡單純的緣故，這是我的天性和人格特質，當然也有可能是因為我搞不好只是個長不大的孩子。不管時間過了多久，這種特質應該不會消失，只會更濃。我喜歡在故事裡表達那些單純與純粹，這也是我想傳達給讀者的一種溫暖的美和簡單的幸福。不管我書寫什麼題材，當我用第一人稱寫作時，作品應該也會有細膩而溫暖的味道。我想我如果是大體化妝師，那麼作品體現出來的應該也是細膩和溫暖吧。

看待戀愛或書寫戀愛，對我而言意義應該差不多，怎麼看待就怎麼書寫。差別的只是，我在不同年紀時，可能看法不太一樣。比方：20 歲時，相信愛情會天長地久；25 歲時，期待愛情能天長地久；30 歲時，便知道天長地久可遇不可求。

我一般沒明顯的寫作動機，只有寫作欲望，《不換》也是。我以

為愛情可貴或可愛的地方，並不在於它是否轟轟烈烈、感人肺腑、蕩氣迴腸，而在於它讓陷入其中的你或妳，認為這是、也相信這是愛情，然後期待它能不變且永遠。而我只是想寫一個故事，在故事中雙方對愛情味道的品嚐是一樣的，不管經過多少年，那味道始終被密封而完整的保留下來。很多事情在發生的當下，就立刻永恆，我希望愛情也是。

Q: 隨著閱讀推進，女主角林秋蘋的形象有了很大轉變，從一開始予人充滿距離、任性、不講理，到後來一層層剝解故事，才發現她對感情的執著與委屈。對比男主角優柔寡斷，小蘋可說是「行動派」的代表。在您筆下，這本書刻畫女性面對愛情的幽微心理轉折特別深刻，請分享您對此人物塑造的初衷、想反映的特質？

A: 可能在故事前半段，女主角並不討喜，但這是我認為她應該要有的樣子。也因為她正是這個樣子，才會有兩個人這樣的互動，不管過去或現在。如果整個故事讀完，再翻到前面看看，或是對比從前發生的事，或許會比較清楚女主角真正的樣子。

我不太敢用「塑造」這字眼，我只是想描寫一個看似任性古怪冷淡的女孩，她內心的執著，而我以為，這是很多女孩真正的樣子。但因為表達障礙，即使跟她相愛或在一起的人，也常誤判或低估她的溫度。我希望藉著重逢這概念，把不想留下遺憾當理由，好好的，精準的，重新認識或感受這女孩。

Q: 本書最特別之處，在於整個故事完全聚焦男女主角二人的互動（即便曾提到的李玉梅、陳佑祥只是被輕輕帶過，並無實際登場），為什麼會想要有如此設計？而無其他人物、事件來串場，是否更加深了寫作的難度？

A: 還沒下筆前，想像中的故事人物除了男女主角外，還會有幾個人。一般故事要這樣設計才不會枯燥，而且情節也容易進行。但一下筆，就決定故事從頭到尾就這兩個人走來走去，沒有其他人。只有兩個人的故事如果寫長，確實不容易寫好，最難的是要避免單調、枯燥和不斷無病呻吟。我並沒有想「挑戰」寫作難度的企圖，只是單純想架構一個只有他們兩個人的世界，無論過去或現在，都是只有他們兩個人的世界。我想寫在那個世界發生的事，把所有的美好留在那個世界。而所有不得不做的、必須有所決定的、會留下遺憾的，就留在現實世界中。兩個人將繼續在現實世界中生活，或許不在一起甚至沒有交集，但那個世界起碼是完整而美好的。

Q: 在林秋蘋眼中，男主角選擇了善良、不傷害無辜的人，這樣的「選擇」，對兩人的意義是……？既然「再怎麼努力，也無法不愛」，為何又堅持回頭，做一個善良的人呢？

A: 以男主角的個性和想法，他心裡根本沒有「選擇」的問題，他只是不知道該怎麼做而已，也不知道怎樣才能得到圓滿。我以為他跟我們多數人一樣，被愛情試煉時沒有更高尚的情操，而且在愛

情的漩渦中也沒有過人的泳技，才會束手而沉沒。選擇或許才會有對與錯、善不善良的答案，但愛情並沒有對與錯，更與善不善良無關。而「選擇愛情」這種觀念是不存在的，因為愛情根本不能選擇。所以他既沒有選擇愛情、也沒有選擇善良；他選擇的，是他自己。

Q: 和之前眾多作品不同，《不換》故事橫跨十四年，年齡跨度較之前要來得大，深刻著墨輕熟齡人面對愛情的惶惑與掙扎，您會特別想讓讀者看見此年齡男女哪些在愛情中的觀點與心境？

A: 隨著我年紀增長，變得囉唆，《不換》也許有我「想說些什麼」的元素。不過基本上，我還是那種不希望拐彎抹角暗示很多東西的作者。關於愛情這東西，我並不懂，所以我無意告訴讀者，什麼是「對」的愛情、什麼是「應該」的、什麼是「合理」的、什麼是「不變」的、什麼是「永遠」的、什麼是「沒有虧欠」的……

我只是覺得，不曉得愛情是什麼東西的人，反而能夠真正享受愛情的單純與美好。所有我們被教導的關於愛情的意義、原則、態度、甚至方法，似乎只是告訴我們如何維繫愛情、面對愛情、處理愛情、追求愛情，或是不被愛情的稜角所刺傷。但如果你並不想知道這麼多，你只想知道，你心裡愛的是誰？如果你已經知道，那麼愛情是圓是扁、是畜生還是禽獸，對你又有何意義呢？

跟《槲寄生》一樣，這故事看似圍繞著選擇與決定，但其實很單純。總有一個人，會一直住在心底，卻消失在生活裡。或許這是我想傳達的吧。

Q: 您的作品中，時常帶有特定象徵物，來貫徹故事中的某些信念。早期的「槲寄生」、「夜玫瑰」，到近期的「阿尼瑪」。到了《不換》，更是有許多象徵物表達愛情的纏繞深邃，從沙的意象、龍的逆鱗，再到讓女主角淚眼簌簌的「舞萩」，這些都是您在寫作一開始就設定好的嗎？

A: 人的心理歷程是軟的而且具彈性，機械式的語言和文字很難精準表達，甚至根本表達不出，所以會需要比喻或意象來「模擬」內心的感覺。沙、逆鱗和其他書中種種比喻或意象都是，對我而言這是必須，因為我文字表達的功力有限。而某種象徵物當故事主題是我喜歡且習慣這樣用，在下筆之初就已經決定，整個故事才能以那象徵物為圓心，讓所有該表達的概念圍繞著圓心。

舞萩是世上唯一會因為光照和聲音而舞動的植物，我曾為創世基金會募款籌建植物人安養院而寫出一篇〈舞萩〉，算小說。小說中舞萩的意象是：植物跟人一樣，在我們不知道的領域裡，有它們自己的感官。如果人變成植物，或許也會有自己的感官吧。在《不換》裡，我認為舞萩這意象可以表達內心看似完全堅固不動的人，卻可以因為某些特定的人敞開心門而舞動。

痞子蔡作品 13

不換

不換／蔡智恆作 . -- 初版 . -- 臺北市：
麥田，城邦文化出版：家庭傳媒城邦
分公司發行，2016.11
面；　公分 . --（痞子蔡作品；13）
ISBN 978-986-344-397-1（平裝）

857.7　　　　　　　　　　105019457

作者	蔡智恆
責任編輯	林秀梅　張桓瑋
國際版權	吳玲緯
行銷	巫維珍　蘇莞婷　黃俊傑
業務	李再星　陳紫晴　陳美燕　馮逸華
副總編輯	林秀梅
編輯總監	劉麗真
總經理	陳逸瑛
發行人	涂玉雲
出版	麥田出版
	城邦文化事業股份有限公司
	104 台北市民生東路二段 141 號 5 樓
	電話：(886) 2-2500-7696
	傳真：(886) 2-2500-1966、2500-1967
發行	英屬蓋曼群島商家庭傳媒股份有限公司城邦分公司
	104 台北市民生東路二段 141 號 2 樓
	書虫客服服務專線：(886)2-2500-7718、2500-7719
	24 小時傳真服務：(886)2-2500-1990、2500-1991
	服務時間：週一至週五 09:30-12:00・13:30-17:00
	郵撥帳號：19863813　戶名：書虫股份有限公司
	讀者服務信箱 E-mail：service@readingclub.com.tw
麥田網址	http://ryefield.com.tw
香港發行所	城邦（香港）出版集團有限公司
	香港灣仔駱克道 193 號東超商業中心 1 樓
	電話：(852) 2508-6231　傳真：(852) 2578-9337
	E-mail：hkcite@biznetvigator.com
馬新發行所	城邦（馬新）出版集團【Cite(M)Sdn. Bhd】
	41, Jalan Radin Anum, Bandar Baru Sri Petaling,
	57000 Kuala Lumpur, Malaysia.
	電話：(603) 9057-8822　傳真：(603) 9057-6622
	E-mail: cite@cite.com.my
封面、版型設計	陳采瑩
印刷	沐春行銷創意有限公司

2016 年 11 月 1 日 初版一刷
2020 年 1 月 2 日 初版九刷
定價 280 元
ISBN 978-986-344-397-1

城邦讀書花園
www.cite.com.tw

讀者回函卡

cite城邦

※為提供訂購、行銷、客戶管理或其他合於營業登記項目或章程所定業務需要之目的，家庭傳媒集團（即英屬蓋曼群島商家庭傳媒股份有限公司城邦分公司、城邦文化事業股份有限公司、書虫股份有限公司、墨刻出版股份有限公司、城邦原創股份有限公司），於本集團之營運期間及地區內，將以e-mail、傳真、電話、簡訊、郵寄或其他公告方式利用您提供之資料（資料類別：C001、C002、C003、C011等）。利用對象除本集團外，亦可能包括相關服務的協力機構。如您有依個資法第三條或其他需服務之處，得致電本公司客服中心電話請求協助。相關資料如為非必填項目，不提供亦不影響您的權益。

□ 請勾選：本人已詳閱上述注意事項，並同意麥田出版使用所填資料於限定用途。

姓名：＿＿＿＿＿＿＿＿＿＿＿　聯絡電話：＿＿＿＿＿＿＿＿

聯絡地址：□□□□□＿＿＿＿＿＿＿＿＿＿＿＿＿

電子信箱：＿＿＿＿＿＿＿＿＿＿＿＿＿＿＿＿＿

身分證字號：＿＿＿＿＿＿＿＿＿＿＿＿＿（此即您的讀者編號）

生日：＿＿＿年＿＿＿月＿＿＿日　性別：□男　□女　□其他＿＿＿

職業：□軍警　□公教　□學生　□傳播業　□製造業　□金融業　□資訊業　□銷售業
　　　□其他＿＿＿＿＿＿＿＿＿＿＿＿＿＿＿＿＿

教育程度：□碩士及以上　□大學　□專科　□高中　□國中及以下

購買方式：□書店　□郵購　□其他＿＿＿＿＿＿＿＿＿

喜歡閱讀的種類：（可複選）

□文學　□商業　□軍事　□歷史　□旅遊　□藝術　□科學　□推理　□傳記　□生活、勵
□教育、心理　□其他＿＿＿＿＿＿＿＿＿＿＿

您從何處得知本書的消息？（可複選）

□書店　□報章雜誌　□網路　□廣播　□電視　□書訊　□親友　□其他＿＿＿＿

本書優點：（可複選）

□內容符合期待　□文筆流暢　□具實用性　□版面、圖片、字體安排適當
□其他＿＿＿＿＿＿＿＿＿＿＿＿＿＿＿

本書缺點：（可複選）

□內容不符合期待　□文筆欠佳　□內容保守　□版面、圖片、字體安排不易閱讀　□價格偏高
□其他＿＿＿＿＿＿＿＿＿＿＿＿＿＿＿

您對我們的建議：＿＿＿＿＿＿＿＿＿＿＿＿＿＿＿

＿＿＿＿＿＿＿＿＿＿＿＿＿＿＿＿＿＿＿＿＿